「為了保險起見試了兩次……嗯，這樣就能放心了。我也來吧。」
「什麼『我也來吧』！不要再拿女神當白老鼠了，混蛋！！」
這個勇者明明超TUEEE卻過度謹慎 5

奈菲泰特
說話不太流暢的幽神。
教導聖哉修練靈體。
龍宮院聖哉
謹慎到無法想像的勇者。
受到莉絲妲召喚。

賽爾瑟烏斯
肌肉結實的劍神。
受阿麗雅之託鍛鍊聖哉。
莉絲妲黛
新手廢柴女神。召喚了聖哉，
目標是拯救伊克斯佛利亞。
姜德
塔瑪因的前將軍。
被葛蘭多雷翁
變成了不死者。
殺子
擁有心的殺人機器。
雅黛涅拉
看起來不像女神的軍神。
教導聖哉劍術。

聖哉身纏烈焰般的靈氣，
將狂戰士狀態升到最大極限的一擊！
Phoenix Drive
「鳳凰炎舞斬。」

這個勇者明明超TUEEE強卻過度謹慎

作者 土日月
插畫 とよた瑣織

5

Kadokawa Fantastic Novels

彩頁、內文插畫／とよた瑣織

This Hero is Invincible but "Too Cautious" 5

第四十六章　展望

我——莉絲妲黛，差點被怨皇瑟蕾莫妮可難纏的詛咒害死，多虧過度謹慎的勇者——龍宮院聖哉的機智，才讓我勉強得救，保住一條小命。不過……呃，雖然我稱他機智，但他其實只是像個跟蹤狂一樣事先躲在我的床底下……

第二天我起了個大早，前往大女神伊希絲妲大人的房間，向她報告「雜色髮的惡魔」在我的精神世界現身一事。

「……的確，對方是邪神的可能性很高。」

聽完我的敘述後，伊希絲妲大人神情嚴肅地這麼說。

我本來還期待那獨特的髮色能讓她立刻判別出邪神的身分，並給予對策。不過，正如統一神界有許多神一樣，邪神的數量據說也相當多。由於現階段還不知道邪神的名字，伊希絲妲大人似乎也對「雜色髮的惡魔」的身分毫無頭緒。

「不但會妨礙我的預知能力，還能侵入人在神界的莉絲妲黛的精神，看來是個擁有強大力量的邪神。即使她無法直接加害於妳和龍宮院聖哉，你們也絕不能放鬆戒心。」

「我、我知道了。」

我深深一鞠躬後，離開伊希絲妲大人的房間。

來到賽爾瑟烏斯的咖啡座時，聖哉已經等在那裡，殺子和姜德也打包完行李了。我招手叫聖哉過來，想告訴他邪神的事。

「吶，聖哉，我剛才去找伊希絲妲大人談——」

這時突然「嘶——！」的一聲，一隻土蛇從我洋裝的領口蹦了出來！

「嗚哇！這是什麼！」

「妳不用特地告訴我，剛才妳和伊希絲妲的對話，我都偷聽到了。」

「！竟然說得那麼稀鬆平常，你這可是犯罪！」

「我不是每次都偷聽，我是考慮到瑟蕾莫妮可的詛咒可能還殘留著，才會監聽妳，結果就聽到妳和伊希絲妲的對話了。」

「真、真的嗎？不、不管怎樣，既然你偷聽到了，那應該知道談話的內容了吧……？」

「妳是指在伊克斯佛利亞常聽到的『雜色髮的惡魔』是邪神這件事吧。這也不是什麼新聞了。」

「咦咦！聖哉，難道你已經察覺到了？」

「我當然早就想到了。她不但能感應到我們的行動，還能給予葛蘭多雷翁、歐克賽利歐和瑟蕾莫妮可等魔物力量——這種事一般魔物是辦不到的。我把邪神視為雖然不會下場比賽，卻會下達指示的監督者，雖然是令人不安的因子，但她畢竟存在於異次元，我也無法擬

出具體的對策。」

聖哉接著將行李扛上肩膀。

「總之我要去伊克斯佛利亞。妳先把門開在希望之燈火（Little Light）。」

「知、知道了……」

我把姜德和殺子叫來。現在咒縛之球不存在了，我能把門直接開在地下聚落「希望之燈火」的廣場上。

聖哉進門後，我、姜德和殺子也跟著穿過門。

「唔，真不敢相信。這裡是地下嗎？」

「地底竟然有這麼大的城鎮……！」

在魔光石的照明下，姜德和殺子看到櫛比鱗次的房屋，以及在田裡做農事的人們，忍不住發出讚嘆。

住在這裡的人原本都是賈爾巴諾的居民。獸人占領這個鎮後，他們靠著土魔法師艾希的力量，在地底下建了聚落並藏身於此。雖然現在統治此地的葛蘭多雷翁已經被聖哉打倒，他們仍按照謹慎勇者的指示繼續在地下生活。

希望之燈火的居民察覺我們來了。為了避免他們看到殺人機器後引發騷動，我要殺子用兜帽把臉盡量遮住。我們的四周聚集起人山人海，年幼的艾希和聚落的首領布拉特也現身其中。

「勇者大人，好久不見了。」

艾希低頭致意，聖哉卻省去問候，直接講重點。

「繼北方的機皇歐克賽利歐後，統治南方的怨皇瑟蕾莫妮可也被我擊破，你們差不多可以上去地面了。」

聽著聖哉和艾希對話的人們突然「嗚哇——！」一聲大叫起來，有人甚至哭了。這也難怪，自從獸人襲擊鎮上後，他們被迫在地下生活了很長一段時間，現在終於能重返地面。

「鎮上會有我做的魔巨像到處徘徊，你們不必擔心，它們會保護你們免於怪物的侵擾。還有艾希，別封閉這個地下聚落，留下來在有個萬一時當避難所用。」

「我知道了，謝謝您考慮得如此周到。」

「那我現在就讓你們看看地面上的情況……莉絲妲。」

我在希望之燈火的正上方打開門。聖哉率先進門，其他居民則跟在後面。

半倒的房屋映入眼簾。賈爾巴諾依舊是遭獸人破壞後的狀態，即使如此……

「光……！是陽光……！」

「我們脫離獸人的統治了！」

「又能在地面上生活了……！」

希望之燈火的人們沉浸在回到地面的幸福中，這時我發現布拉特在我身旁揉著眼睛。

「哎呀，難道你在哭嗎？」

「怎、怎麼可能！是陽光太刺眼了！」

呵呵，還在逞強啊！本來以為他就是個自大的傢伙，沒想到也有可愛的地方嘛！

不過不單是布拉特，在場無分男女老幼全都在激動落淚，姜德和殺子也為這副景象深受感動。

「總覺得心中熱血澎湃呢……」

「他們能回到地上真是太好了！」

過了一會兒後，居民們包圍了我和聖哉。

「勇者大人、女神大人，謝謝！謝謝你們！」

「真不知道該怎麼報答兩位才好！」

如今回想起來，當初第一次見到希望之燈火的居民時，他們曾痛罵過我和聖哉，沒想到他們現在竟然會像這樣流著淚向我們道謝。

——真是太好了……！

解放了希望之燈火的居民，也讓我和聖哉的辛勞在這一刻得到回報。

正當我也感慨萬千，眼淚快奪眶而出時，聖哉一臉正經地彈了下手指。

「……鋼鐵圓頂（Iron Dome）。」

突然間，「轟轟轟轟轟轟轟轟」的地鳴聲響起，三百六十度環繞小鎮的岩壁在遠處出現，不斷升高，將賈爾巴諾逐漸覆蓋！

「……啥？」

我還愣在原地時，圓頂就形成了！陽光完全被遮蔽，賈爾巴諾化為黑暗的世界！

「嗚喔！怎麼又變暗了！」

「到、到底發生了什麼事！」

「我好怕喔！媽媽————！」

突如其來的黑暗讓居民們大叫！我也對聖哉大叫！

「為什麼要使出鋼鐵圓頂！這樣比在地下時還暗耶！」

「長時間在地下生活後，忽然接觸陽光會對眼睛不好，所以我把陽光遮住了。」

「呃，這樣特地回地上不就毫無意義了嗎！」

「大家都在哭，是因為陽光傷到了眼睛吧？」

「那不是因為眼睛痛哭，是因為感動才哭的！」

「莫名其妙。真是一群麻煩的傢伙。」

「！莫名其妙的麻煩傢伙是你才對吧！」

原本因為陷入黑暗而悲歎不已的居民們，在聖哉解除了鋼鐵圓頂後，又全都恢復精神。

「好，這裡這樣就行了。莉絲妲，再來去塔瑪因。」

「喔、好……」

我照聖哉所言，打開通往塔瑪因的門。

經過一番波折後，我們在艾希、布拉特和希望之燈火的居民們的笑容歡送下，離開了賈爾巴諾鎮。

抵達塔瑪因後，聖哉對姜德下指示。

「姜德，去叫卡蜜拉王妃來。」

「是可以，不過你要幹嘛？」

「現在我們要和王妃一起開會。」

對姜德提出要求後，聖哉走向王宮內的會議室，我和殺子追在聖哉身後。

在用來擬定戰術的會議室裡，有一張長方形的大桌子。聖哉坐在上座，我和殺子則坐在角落的椅子上。

「莉絲妲小姐，『開會』是要開什麼會？」

「這個嘛，我也不是很清楚。」

不久後，王妃和姜德同時現身，在我們的正前方坐下。聖哉環顧眾人後，用威嚴的語氣開口。

「打倒北方的機皇歐克賽利歐和南方的怨皇瑟蕾莫妮可後，拉多拉爾大陸擺脫受到夾擊的危險，可以稱得上是高枕無憂。所以我現在要來談談今後的展望……」

聖哉從座位上起身，走到貼在牆上的伊克斯佛利亞的世界地圖前，接著背對地圖注視著我們，感覺就像站在講台上的學校老師。

「接下來預定討伐的死皇，是伊克斯佛利亞裡最後一個幹部級的敵人。」

我小聲地向坐在眼前的姜德搭話。

「是這樣嗎，姜德？」

「是啊，既然獸皇、機皇和怨皇都已經不在，現在死皇席爾修特就成了魔王最後的左右手。」

「死皇席爾修特嗎？只要把他也解決掉，就只剩下魔王了呢！」

「喂，那邊的很吵，給我閉嘴注意聽。」

「啊、抱歉，我會注意的……」

被聖哉用酷似老師的語氣警告，讓我和姜德慚愧地低下頭……不對，等一下，怎麼可以把我當成學生對待！我可是女神耶！

聖哉對我的心情渾然不知，繼續以劍鞘代替指揮棒指著地圖。

「從我們目前所在的拉多拉爾大陸往西越過大海，就是死皇所在的艾阿利斯大陸。在這塊大陸的北方，則是魔王城所在的賈斯特雷德大陸。既然現在阿爾特麥歐斯正在冬眠以儲備力量，我想趁這段空檔先發制人……」

聖哉用劍鞘圈出魔王所在的賈斯特雷德大陸，以及位於其南方，死皇所在的艾阿利斯大陸。

「這兩塊大陸之間僅隔著小小的海，只要有船就能在數日內來回。就算魔王正在冬眠，如果不管死皇，直接攻入賈斯特雷德大陸，同樣會有遭到夾擊的危險，所以我要等打倒死皇後再去打倒魔王。」

「嗯，這樣挺合理的。也就是說，接下來要去死皇所在的艾阿利斯大陸吧？」

「不，接下來要去神界。」

準備到一半的姜德吃驚地大喊。

「咦咦咦咦！又要回神界了嗎！那來伊克斯佛利亞有什麼意義！」

「這次的目的是要將希望之燈火的居民從地下解放，還有把今後的計畫告知王妃。接下來我要在神界修練，為死皇戰做準備，你有意見嗎？」

「是沒有啦……真、真有夠麻煩的……！」

姜德喃喃開口。嗯，我了解，你的心情我非常了解。

即使如此，我仍舊照聖哉所言叫出通往神界的門，而一臉不爽的姜德看似理所當然般跟了過來。

「哎呀，姜德，你也要來嗎？」

「咦！竟然問我『也要來嗎？』……我已經是你們的夥伴了不是嗎！畢竟之前我們都一起行動……王、王妃！我應該可以留在勇者的隊伍裡吧？」

「我是無所謂，但女神大人和勇者大人會需要你嗎？」

姜德對我投以熱切的眼神。

「女、女神！既然都走到了這一步，我也想為了拯救世界奉獻自己！死皇的屬性跟怨皇應該是同一個系統！我不會死，對詛咒的抗性也高，應該很好用吧！」

「這個嘛──該怎麼辦呢？」

當我正猶豫時，殺子拉拉我的袖子。

「我、我也覺得有姜德先生在比較好！」

「殺子……！沒錯！畢竟我們在神界都一直一起打工啊！」

「嗯……可是姜德有股腐臭味呢。」

看到我不太情願，姜德就大喊。

「那我帶著紅茶消臭總可以吧！」

……噗！竟然不惜往頭上倒紅茶也想跟來！姜德好拚命喔！

「啊哈哈！真拿你沒辦法！那麼聖哉，我們就帶姜德一起去吧。」

姜德似乎對我的態度有所不滿，狠狠地瞪了我。

「我說妳啊！還好意思用那種高姿態說我有腐臭味……也不想想自己的體味也很重！」

「！什麼！你、你竟敢對一個淑女說這種話！你這個愛造謠的不死者！……小殺！我一點都不臭對吧！」

「嗯！因為我是機械，所以對莉絲妲小姐的味道不太在意！」

嗚嗚……果然還是很臭嗎……！就跟在蓋亞布蘭德時一樣嘛！純真少女的體貼反而教人難堪……話說回來，為什麼我明明是女神卻有體味呢……？

殺子見我陷入沮喪，便幫我打氣。

「只要跟姜德先生在一起，莉絲妲小姐的味道就一點也不明顯了！」

看來姜德的腐臭味似乎比較重。我對姜德微微一笑，把手輕輕搭上他的肩膀。

「姜德，我們一起走吧。」

「！妳怎麼突然這樣！我可不是妳的除臭劑啊！」

我們正在鬥嘴時，聖哉輕咳一聲。

「像你們這種臭氣薰天的傢伙，我本來想隨便找個地方丟著就好，但因為莉絲妲是女神，不帶著她不行，而且我也想用姜德腐爛的肉體在神界做些實驗……」

「那、那麼，聖哉先生，你的意思是？」

「嗯，沒辦法了。殺子，我就帶這些傢伙一起去吧。」

殺子語帶雀躍地說：

「太好了！莉絲妲小姐、姜德先生！我們可以一起走了！」

「嗯、嗯，太好了……」

「是、是啊，太好了……大概吧。」

不知從何時開始，我和姜德在聖哉心中的地位，已經低於殺子了。

第四十七章　幽神

回到神界後，聖哉馬上前往賽爾瑟烏斯的咖啡座。我、姜德和殺子也跟在他後面。

聖哉走向坐在戶外座位喝紅茶的阿麗雅和雅黛涅拉大人。雅黛涅拉大人發現聖哉來了，雙眼閃閃發亮。

「聖、聖哉……！好、好久不見了……！」

「嗯，妳到那邊去。」

聖哉用劍鞘把靠近他的雅黛涅拉大人打飛，對阿麗雅搭話……話說他的態度怎麼還是一樣過分！雅黛涅拉大人明明很照顧他耶！

「阿麗雅，妳認識擁有可以有效對付沒有肉體，類似幽靈的敵人的手段的神嗎？」

「你是指鬼魂型的敵人吧……」

阿麗雅用手抵住下巴，陷入思考。我則問姜德：

「吶，姜德，死皇是鬼魂型的嗎？」

「詳細情形我也不清楚，只知道死皇恰如其名，是掌管死亡的魔物。就算死皇本身不是鬼魂，也可能會放出許多鬼魂系的魔物，所以勇者說的沒錯，先想好對策比較妥當。」

「喔～啊，可是聖哉！你的火焰魔法對鬼魂型的敵人也挺有效的吧？而且你也已經學會瓦爾丘雷大人的『幽壞鐵鎖（Astral Break）』了啊。」

但聖哉搖了搖頭。

「如果火焰魔法無效怎麼辦？即使幽壞鐵鎖有效，反過來說，對付鬼魂的方法也只有那一招。我希望能學會更多種技能。」

聽到聖哉的話，阿麗雅點點頭。

「如果想對各種類型的鬼魂確實造成傷害，應該只有幽神奈菲泰特的技能了。」

幽神奈菲泰特大人——又是我沒聽過的神。不過這位神能教聖哉對鬼魂確實有效的技能對吧！

「阿麗雅，奈菲泰特大人在哪裡？」

「神界墳場。」

「喔，神界墳場……等一下，墳場？神界竟然有墳場！神不是不會死嗎！」

「雖然這種例子非常非常罕見，不過在拯救異世界時，的確可能被敵人用連鎖魂破壞（Chain Destruction）之類的強大武器殺死。而且……」

「而且？」

「這個嘛……神也有許多苦衷的……」

阿麗雅似乎有什麼難言之隱，我也不好意思再追問下去，所以最後只問了神界墳場的位置。

神界墳場位在變化之神拉絲緹大人居住的隱遁神山的山腳下。在我們前往那裡的途中，殺子抓住我的手。

「嗚嗚……莉絲妲小姐，我有點害怕……」

「別、別怕，小殺！這裡可是神界呢！」

雖然我這麼安撫殺子……但荒涼的山坡配上成排的十字架和石碑，呈現出一幅陰森的景象，連天空也感覺灰濛濛的。

我不經意地望向附近的石碑，碑上寫著「享壽354224442歲」。

這、這個神活得真久呢。為什麼會死呢？

我正覺得不可思議時……

「……在眾神永恆的生命中，偶爾也有逃離不了的業報。」

「噫！」

背後突然傳來陌生女子的聲音，我忍不住回頭看。

那是一位有著蔚藍長髮的女子。容貌雖美卻氣色憔悴，額頭上戴著三角形的白布，而最讓我吃驚的是……

——她、她沒有腳！

那名女子沒有下半身，輕飄飄地飄浮著！我害怕地往後退。
「哎呀，嚇到妳啦。別擔心，我是管理這座墳場的女神。」
女、女神？原來這彷彿幽靈的女子……就是幽神奈菲泰特大人！
奈菲泰特大人不知為何對我招了招手。
「沒關係，過來這裡。」
「咦？」
「妳的臉，我一看就知道。這沒什麼丟臉的。這種神，多得很。」
奈菲泰特大人講話斷斷續續的，她把手放上我的肩膀。
「妳來，是想成為『永倦神』吧？」
「！『永倦神』？那是什麼！」
「對活在永恆的時間中感到疲倦，自己選擇一死的神，就叫做『永倦神』。」
「是、是這樣啊……咦，不對！我才不是為了成為永倦神才來的呢！」
「咦？不是嗎？看妳一臉苦命相，還以為妳一定是來永倦的呢。」
真沒禮貌！我現在還幹勁十足耶！
「那妳來，到底有什麼事？」
我正要表明原本的來意時……
「滾開，永倦神。」

聖哉將我一把推開。

「！我都說我沒有要永倦了！」

我的喊叫像往常一樣遭到無視，聖哉的眼中似乎只有奈菲泰特大人。

「我想學會可以有效對付鬼魂的技能。」

「鬼魂，種類很多。有不怕火的鬼、耐冰的鬼、耐光的鬼。不過……」

奈菲泰特大人這麼喃喃回答，並從腰際拔出細長的劍。雖然這把劍乍看之下平凡無奇……

「……幽滅靈劍（Ghost Buster）。」

奈菲泰特大人如此低語，一層類似白膜的物體將劍包覆。

「這、這是……？」

「我賦予劍靈力，這樣劍就變成了『靈體物質』。只要用這把劍，不管對哪種鬼魂都能使出有效攻擊。」

「哦，也就是將靈體攻擊化為可能嗎？這樣的話，效果的確值得期待。好，妳就教我那個叫『幽滅靈劍』的技能吧。」

這個勇者還是一樣大牌，不過奈菲泰特大人也沒有因此而感到不悅，只是靜靜地搖了搖頭。

「首先，你身上必須要有靈力，才能賦予劍。」

奈菲泰特大人從懷中拿出看似木槌的東西。

「用這個木槌敲了之後就能變成靈體，變成靈體後，才能鍛鍊靈力。」

咦咦咦咦咦！聖哉必須先變成幽靈才行嗎？

雖然覺得這方法很詭異……

「嗯，我知道了。」

聖哉卻意外地一口答應。他接著從奈菲泰特大人手中接過槌子……

鏘！

不由分說地搥了我的頭！

「呼咕！」

呃，為什麼突然拿我來試！要試就自己試啦！

我原本要發火，卻覺得身體輕飄飄的。

……現在，我正從空中俯瞰著倒地的自己。

「嗚哇哇哇哇！」

倒地的我頭上冒出一根白線，跟靈體的我的頭連結在一起。這跟遭到瑟蕾莫妮可詛咒時靈魂出竅的感覺很像，但不同的是……

「嗚喔……！女神分裂成兩個了！這就是靈體嗎！」

「從、從倒下的莉絲妲小姐身上，能依稀看到另一個莉絲妲小姐呢！」

「殺子！妳聽得到我的聲音嗎？」

「嗯！聽得到！」

即使變成靈魂，一樣能跟生者交談。我試著碰觸殺子，但手穿了過去。

聖哉看到這個情景，點頭如搗蒜。

「那麼奈菲泰特，要怎樣才能回到原本的身體？」

「跟倒地的本體重疊，這樣就能回到肉體了。」

「好，莉絲妲，妳做做看。」

憑、憑什麼把我變成這種狀態又對我下命令啊……！

雖然感到不滿和焦躁，我仍舊試著對準自己的身體躺下。

「啊……」

然後我的靈體就回到我的本體了。

喔喔，太好了！順利回來了！當這麼想的我一坐起來……

鏘——！

頭頂竟然又受到衝擊！我於是再次倒地，化為靈體飄浮起來！

「！啥啊啊啊啊啊啊啊啊啊！」

「為了保險起見試了兩次……嗯，這樣就能放心了。我也來吧。」

「什麼『我也來吧』！不要再拿女神當白老鼠了，混蛋！」

在我的身旁，出現變成靈體的聖哉。聖哉的本體則看似和睦地趴在同樣倒地的我身旁。

奈菲泰特大人對我和聖哉的靈體說：

「那現在開始進行靈體修練。」

「靈、靈體……修練？」

「這是讓尼古拉特斯拉式的研究產生躍進，將來自鈗的星體給異色瞳化的修練，非常靈驗呢。」

雖然聽不太懂……不過感覺就很靈異！到底是什麼樣的修練呢！

奈菲泰特大人接著看向聖哉說：

「那現在開始做伏地挺身和仰臥起坐，各一百下。」

「！呃，竟然是肌力訓練嗎！」

這哪裡像靈體修練？雖然我這樣想……

「嗯，我知道了。」

但聖哉竟以爽快到令人吃驚的態度接受指示，默默地當場做起伏地挺身。

算、算了，反正聖哉本來就喜歡做肌力訓練。雖然我也不知道這算不算肌力訓練……

我盯著聖哉看了一會兒後，奈菲泰特大人拿了杯白色的液體要他喝。

「這是靈白質，喝了它。」

「！靈白質？那是什麼！」

「裡面富含形成健康靈體所需要的必須靈基酸，喝完之後靈力訓練的效果會很顯著喔。」

「靈、靈力訓練……！」

聖哉接過杯子，目不轉睛地瞧了瞧後，突然繞到我背後，捏住我的鼻子！

「呼嘎！」

接著把靈白質倒進我張開的嘴！

「嗚噗給咕勾噗！」

濃稠的液體流過喉嚨。

「怎樣？身體、不，靈體的狀況有沒有變化？」

「咳嗯，嗚噁……我說你……不要每次都拿我來測試好嗎啊啊啊啊啊啊啊啊啊啊！」

「嗯，看起來挺有精神的。」

「完全不用擔心，靈白質是能安心食用的靈體用營養補充品喔。」

「好，那我也來喝。」

「以鍛鍊出結實的靈肌為目標，繼續努力吧。」

奈菲泰特大人說完，拍了拍我和聖哉的肩膀……呃，為什麼我不但被迫靈體化，還得被強灌靈白質啊！我又不想練出一身靈肌！

我不禁火冒三丈，立刻跟躺在地上的自己重疊，回到原本的身體。之後聖哉繼續做靈力訓練。

看到聖哉全神貫注地進行著靈力訓練，姜德倒抽一口氣。

「好猛喔，還要繼續啊……」

汗珠一顆顆地流下來。雖然不知道為什麼靈體也會流汗，不過看到聖哉努力超越自我極限的身影……

「好帥喔……！」

殺子不禁喃喃自語。也對，如此嚴以律己、鍛鍊不懈的聖哉，看起來的確充滿男子氣概。

聖哉做完漫長的伏地挺身，喝起靈白質時，殺子靠近了他。

「我、我希望以後也能變得像聖哉先生一樣強！」

「哦，妳也想喝靈白質嗎？」

「啊，不……我不是這個意思……」

真是的！殺子又沒這麼說！這個人到底在講什麼啊……！

「做過頭會有反效果的，休息一下吧。」

聖哉這才終於返回自己的肉體。

「我想趁休息時順便做個嘗試。奈菲泰特，有個東西從肉體的頭冒出來，像線一樣跟靈體相連……把那個切斷會死嗎？」

「你是指靈絲吧。把靈絲切斷後，若長時間放置不管的確會死，但只是短時間的話就沒關係。順便告訴你，在斷掉的期間，也可以讓靈體連結並固定在其他容器上。」

「哦，那就代表我也可以把這男人的靈體從本體切離，放進別的容器嗎？」

聖哉接著靠近姜德，用木槌敲他的頭。

「嗚喔！」

姜德的靈體從倒下的肉體中出現。

「你、你幹嘛突然這樣！」

變成靈體的姜德發怒，奈菲泰特大人則拿出一把剪刀遞給聖哉。

「你打算切掉靈絲吧？只要用這把靈體剪刀，切斷時就不會痛了。」

但聖哉卻抓住連結姜德肉體和靈體的絲，「哼」的一聲用力扯斷！

「！好痛啊啊啊啊啊！你、你、你在幹嘛啊啊啊啊啊！」

「我不想浪費時間，就直接扯斷了。」

「給我用靈體剪刀啦！」

聖哉無視姜德的怒吼，從懷中取出散發金色光輝的稻草人偶。我對那詭異的人偶有印象——畢竟一開始做出人偶的不是別人，就是我。

「這是用莉絲姐的頭髮做成的莉絲姐毛娃娃，是我做大姐黛時多出來的。我現在要用這個來做實驗。」

聖哉接著把扯斷的姜德的靈絲纏在莉絲妲毛娃娃身上！姜德的靈體漸漸被小人偶吸了進去！

「啥！這、這是……我嗎！」

什麼！莉絲妲毛娃娃竟然發出姜德的聲音，還開始揮動那小小的手腳！

因為太令人發毛，我和殺子都尖叫起來！

「不要————！莉絲妲毛娃娃竟然在動啊啊啊！」

「總、總、總覺得好可怕！」

反觀聖哉卻雙手抱胸，點頭如搗蒜。

「嗯，感覺還不錯。」

「「哪裡不錯了！」」

變成毛娃娃的姜德和我異口同聲地大喊。真搞不懂這究竟意義何在！

這時奈菲泰特大人像是想起了什麼般開口。

「要是維持這樣太久，靈體會跟人偶同化，無法恢復原狀喔。」

變成毛娃娃的姜德聽了暴跳如雷。

「那就趕快讓我回去啊！」

「我、我也不想要這樣！聖哉，快讓他恢復吧！」

「喔。」

聖哉用木槌敲了莉絲妲毛娃娃，等姜德的靈體出來之後，再把他頭上那條纏在人偶身上的靈絲鬆開，重新綁回倒地的姜德頭上。

姜德起身後一臉不安地問我們。

「有、有綁牢吧？不會中途又斷掉了吧！」

「這個嘛，應該大概差不多這樣就沒問題了。」

「！為什麼這時候就這麼隨便！給我更謹慎一點！」

姜德怒火攻心，頂著撲克臉的聖哉卻看似滿意地點了頭。

「今天的收穫還不錯，也看到解決外務的曙光了。」

「……回去吧。」

在短暫的休息後，聖哉又變成靈體，繼續不斷反覆進行自主訓練。

我們留下默默做著靈力訓練的聖哉，前往賽爾瑟烏斯的咖啡座。

見到賽爾瑟烏斯後，我請他讓殺子和姜德留宿，他二話不說就答應了。自從上次在咖啡座打工後，賽爾瑟烏斯就很中意這兩個人。他像以前一樣出借房間給他們。

現在休息還嫌太早，於是我們三人便圍著咖啡座的桌子坐下。

殺子開心地說：

「聖哉先生的煩惱好像解決了呢，真是太好了！」

聖哉剛才的確說過「也看到解決外務的曙光」之類的話。結果我還是不知道「外務」是指什麼……算了，反正有解決就好。

這時我突然發現姜德一臉凝重地陷入沉默。這也難怪，我今天一樣也被聖哉整得很慘。我有點同情他，勸他先喝杯咖啡。

「也難怪你會生氣。要不要喝杯咖啡冷靜一下？」

姜德接過溫熱的咖啡，神情嚴肅地喃喃開口。

「我沒在生氣。不，當時我的確火大……不過現在仔細回想，難不成那傢伙其實——」

姜德說到這裡用力搖頭。

「不、不對！那傢伙不可能為我這麼做的！今天真的好累！我要休息了！」

「……姜德？」

姜德丟下發楞的我和殺子，走去自己的房間。

第四十八章　禮物

第二天早上，我去神界墳場探視聖哉，發現他依舊努力做著靈力訓練。聖哉的靈體看起來比昨天更結實了。

我身旁的奈菲泰特大人滿意地點頭。

「嗯嗯，靈肌變得很結實了。」

沒錯，只要鍛鍊靈體增強靈力，就能學會將靈力灌入劍的神技——幽滅靈劍。

「奈菲泰特大人！這樣很快就能進入幽滅靈劍的修練了對吧！」

「想練的話現在馬上練也可以，不過要是把靈體繼續練得更精壯，就能在精瘦型靈肌男聚集的靈體祭典『最佳靈體大賽』上獲得優秀名次了。」

「不、不用了……那種比賽根本無關緊要……！」

「那真是可惜呢。既然這樣，等午休結束後，就開始進行把靈力注入劍的修練吧。」

奈菲泰特大人終於下達許可。我對正在埋頭苦練的靈體聖哉說：

「聖哉！可以休息了！你已經獲得足以修練幽滅靈劍的靈力了。」

「還不行，我要再鍛鍊一下。」

「咦咦！難不成你真的打算參加最佳靈體大賽嗎！」

「妳白痴啊，我哪有那種閒工夫。我只是想讓靈力變得更強，這樣幽滅靈劍的威力也會跟著提高。」

「是、是喔，那就好……不過還是別太勉強，要記得好好休息喔。」

聖哉默默地繼續鍛鍊，我決定去探姜德和殺子的班。

因為時間還早，賽爾瑟烏斯咖啡座還沒開始營業。做店長打扮的賽爾瑟烏斯、姜德和殺子正在戶外座位區交談。

「賽爾瑟烏斯，你是劍神對吧？拜託你了！」

「賽爾瑟烏斯先生，拜託您！」

「唔……」

賽爾瑟烏斯面露難色，雙手抱胸。嗯？到底怎麼了？

「早安，小殺！你們這是在幹嘛？」

「啊，莉絲妲小姐！早安！這個嘛，我們想利用在咖啡廳幫忙的空檔練劍，所以在拜託賽爾瑟烏斯先生指導我們！」

姜德用充滿決心的眼神看向我。

「畢竟我也正式成為勇者的夥伴了，即使是腐朽之身，我還是希望我這把劍能為拯救世界盡一份力。」

「哦～原來如此。那麼小殺，妳也是同樣的想法嗎？」

「是、是的！我也想變強，好幫上聖哉先生的忙！」

唔——就算修練了，最後也會是聖哉一個人幹掉敵人……不過也罷，既然這兩人都這麼說了……

「吶，賽爾瑟烏斯，你就教他們劍術嘛。」

我也試著拜託賽爾瑟烏斯，但他的表情依舊猶豫。

「我已經不再碰劍術了。」

「呃，那個，是你自己擅自不碰的，劍神的身分還是沒變啊……！」

我知道賽爾瑟烏斯百般推辭的真正理由。跟聖哉進行斯巴達訓練時造成的心理創傷，讓他變得非常討厭劍。

即使如此，姜德仍握住賽爾瑟烏斯的手。

「我年輕時也是立志精進劍道之人！能在神界遇上劍神，真是我莫大的光榮！」

「……唔。」

「拜託你了！賽爾瑟烏斯！」

「拜託您了！賽爾瑟烏斯先生！」

看到這兩人鞠躬懇求，賽爾瑟烏斯大大地嘆了一口氣。他脫下店長的服裝扔在一旁，穿起盔甲，並把木刀扔到那兩人腳邊。

「怎麼了？你們還在偷懶什麼？快拿起木刀。」

「真、真的可以嗎？賽爾瑟烏斯！」

「早上的準備工作已經完成，只是練一下應該沒差。」

「賽爾瑟烏斯先生！謝謝您！」

「哼，我的訓練可是很嚴格的，你們準備好了就一起攻過來吧。」

……不過他要帥只能要到這裡為止。

姜德抱著向強者討教的決心揮出木刀，擊中賽爾瑟烏斯的頭。

「！好痛！」

接著殺子的木刀也刺進賽爾瑟烏斯的心窩！

「嗚呼！……等、等一下！只要一下子！一下就好！」

賽爾瑟烏斯發動能力透視，臉上頓時沒了血色。

「殺、殺子的攻擊力超過八萬……！姜德的攻擊力超過十萬！你、你們已經夠強了吧！」

這也難怪，姜德和殺子畢竟是難度ＳＳ的伊克斯佛利亞的居民，本來就非泛泛之輩。

不過姜德和殺子都搖搖頭。

「還不夠！我想變得更強！」

「我也是！至少要變得像賽爾瑟烏斯先生一樣強！」

「不，那個，我的攻擊力其實只有三萬左右——」

賽爾瑟烏斯細小如蚊鳴的聲音似乎沒傳進那兩個人耳裡。

「賽爾瑟烏斯先生！您不必手下留情！請拿出真本事來！」

「殺子！對方是劍神！這裡不能用言語，要用彼此的劍來交談！我們要靠自己的力量讓賽爾瑟烏斯認真起來！」

「我知道了！我會全力以赴的！」

姜德和殺子接著用木刀開始暴打賽爾瑟烏斯！

「等、等一下，姜德、小殺！賽爾瑟烏斯已經口吐白沫了啊！」

「……我們對賽爾瑟烏斯先生做了很過分的事。」

「是啊，他明明是劍神，沒想到竟然那麼弱……」

姜德和殺子將口吐白沫，陷入昏迷的賽爾瑟烏斯搬到咖啡座後方的房間的床上，然後一臉懊惱地坐上桌旁的椅子。

這時聖哉來找我們，手上還拿著包著布的長型物體。

「啊，聖哉，你的靈力訓練做完了？」

「嗯，我已經練夠了。」

「那先休息到下午吧。」

我請聖哉去坐空著的椅子，但聖哉不坐，把長型布包交給了我。

「咦？這是什麼？」

「我利用空閒時間嘗試合成……終於在剛才做出來了。」

「合成……咦，你這樣不就完全沒休息嗎！沒問題吧？不會又倒下吧！」

「沒問題。我肩上的重擔已經放下了。」

肩上的重擔？果然是「外務」順利解決了吧？

「總之妳看這個。這是『殺手劍（Killer Sword）』——是用來取代白金之劍的新劍。」

聖哉把布攤開，裡面出現了三把入鞘的劍。聖哉從劍鞘中拔出劍，劍身呈鋸齒狀，閃耀著銀色光輝。

「哦！殺手劍嗎？真是出色的劍呢！」

姜德應該很有鑑賞的眼光吧。只見他直盯著聖哉做的殺手劍看，口中讚嘆連連。我也發動鑑定技能，發現這是攻擊力和耐久性都勝過白金之劍的S級劍。

能在物資匱乏的伊克斯佛利亞合成強力的劍固然值得高興，不過有件事讓我很在意。

「那、那個，聖哉……順便問一下，你是怎麼做出這些劍的？」

「是用葛蘭多雷翁的體毛、歐克賽利歐的部分零件，以及這次拿到的瑟蕾莫妮可的毛髮加α，再跟白金之劍融合而成的。」

所以說，他之前都為了合成而一直在蒐集幹部級敵人的一部分嗎！總覺得這份執著好驚人喔……！不、不過這還是其次……

「那個……我好在意剛才聽到的『加α』……！」

該不會又大量消耗了我的頭髮吧？我提心吊膽地問聖哉，結果……

「別擔心，這次妳的頭髮只用了一根。」

「咦咦！只用了一根？不是一百根嗎！」

「嗯，不過相對的，製作殺手劍需要大量不死者的體毛，所以我從姜德身上偷拔了一百根頭髮。」

我鬆了一口氣，姜德則臉色大變。

「竟、竟然用了這麼多我的頭髮！」

「你是屍體，不管禿不禿都不必在意。」

「不，怎麼可能不在意啊！……喂，我沒禿吧！有沒有鏡子啊！」

聖哉無視姜德的驚慌模樣，從三把劍裡拿了一把給殺子。

「殺子，妳想變強吧？」

「咦……想、想啊！」

「那就拿去吧。」

「謝、謝謝您！」

好、好難得喔，聖哉竟然會送夥伴劍！

我忽然發現殺子的殺手劍劍柄上有寫字。仔細一看……原來上面刻著她的名字「殺子」。

「哦！你還幫她刻上名字呢！」

「好開心喔！我會好好珍惜這把劍的！」

「……沒有名字的話，混在一起就分不出來了。」

哦～這到底吹的是什麼風啊？這好像是我第一次看到聖哉送人禮物呢。

聖哉也拿了一把殺手劍給擔心著頭髮的姜德。

「也給你一把。」

「啊、啊啊，雖然心情有點複雜……也罷，我還是心懷感激地收下吧。」

「吶吶，姜德，他也有幫你刻名字嗎？」

我和殺子往姜德拿到的劍的劍柄一看，上面刻的是——

……「屍體」。

「！給我刻名字啦！」

雖然姜德大叫……

「這樣比較好懂。」

聖哉卻馬上反駁。正當我事不關己地發出「啊哈哈哈」的笑聲時……

「我也順便幫妳做了一把。」

「我、我也有嗎！」

我收下聖哉遞來的劍，有點害羞地對他說：

「反、反正一定是刻『笨蛋』或是『廢柴女神』之類的吧！」

然後戰戰兢兢地看向劍柄，結果——

……上面什麼都沒刻。

「！至少給我刻個什麼啊！」

竟然把我當空氣！這是最慘的待遇啊！

感覺被刻了「屍體」的姜德似乎還像樣一點。不過姜德依舊皺著眉，摸著自己的頭。

「我們的劍有三把，加上勇者的份……我、我……我的頭髮等於被拔了四百根嗎……」

「不，我總共拔了六百根以上。」

「！啥！為什麼要拔那麼多！」

「我得幫我的劍做備用，還有備用的備用。」

「需要那麼多把嗎！」

「需要。在葛蘭多雷翁戰中就曾用掉大量的劍。」

面對這正當的理由，姜德只好咬牙退讓。聖哉對這樣的他視若無睹，逕自宣布：

「吃過午餐後，我就會去找奈菲泰特學幽滅靈劍，為這次的修練畫下句點。」

1
2
3

吃完午餐後，我們一起前往神界墳場。

聖哉拿起出鞘的殺手劍擺好架式後，奈菲泰特大人對他說：

「感覺就像是把自己靈體的一部分賦予劍，做的時候就把劍想像成是手臂的延伸吧。」

聖哉拿著劍閉上眼睛，深深吸氣又吐氣。靜止不動一段時間後，當聖哉再次睜開眼睛的瞬間，殺手劍的劍身覆蓋上一層白色的膜狀物。

「喔喔！」我和姜德大叫。

「你吸收得非常快呢。沒錯，那就是幽滅靈劍。只要用這個砍，不管對哪種鬼魂都能造成傷害。」

「太好了，聖哉！」

除了天生的才能外，也要歸功於他很用心在做基礎的靈力訓練吧。聖哉以驚人的速度，沒兩下就學會了幽滅靈劍。

聖哉把劍收進鞘中，朝我走來。

咦！什、什麼？難道要給我一個歡喜的擁抱嗎！

就在我有點小鹿亂撞的瞬間……

鏘！

頭頂竟然挨了聖哉一拳！

我原本想大喊「你在幹嘛！」──，卻發現我正看著倒地的自己。我竟然又變成靈體了！

「這、這、這是怎麼回事？為什麼只是挨揍就會變成靈體啊！

「喔喔，你也學會不用木槌就能把對方變成靈體的技能了，還真優秀呢。」

看奈菲泰特大人深感佩服的樣子……咦咦咦咦咦咦！竟然連那種技能都學會了嗎？話說會需要這種技能嗎？

總之，我連忙跟倒地的自己重疊，回到原本的身體裡。

「不、不要擅自把我變成靈體啦！」

我大聲抗議，聖哉卻只是一直注視自己的手。

「嗯，這樣一來，只要之後找到可以取代的容器，問題就解決了。」

「取代的容器？」

聖哉意義不明的喃喃自語讓姜德發出嗚咽。

「嗚嗚嗚嗚嗚！」

我一看，他竟然流出大顆大顆的淚水。

「咦咦咦！姜德，你怎麼了！」

「嗚嗚！我現在確定了！雖然這個勇者一下冷不防地揍人，一下偷拔頭髮，乍看之下是個過分到超乎想像的男人，不過──」

姜德流著淚說：

「你其實……一直想幫我，讓我從不死者變回人類吧！」
「怎麼可能！真、真的是這樣嗎，聖哉！」
聖哉沉默不語，殺子則看似恍然大悟地拍了下大腿。
「啊！也就是說，這就是『外務』吧！」
昨天把姜德放進莉絲妲毛娃娃，原來也是為了這個目的嗎！也就是說，他是一邊進行修練，一邊思考如何治好姜德的不死者狀態嘍！什麼嘛，你果然很溫柔呢，聖哉！
我們用讚許的眼神看向聖哉，聖哉本人卻露出像看到笨蛋的眼神。
「你們到底在說什麼？」
姜德擦掉眼淚，笑著拍聖哉的背。
「哇哈哈哈！我知道、我都知道！這就是世間常說的『傲嬌』吧！」
姜德邊說邊摟住聖哉的肩，聖哉把他的手拍掉。
「住手。你有屍臭，別靠過來。」
「哎呀，別這麼說嘛！今後我們也好好相處吧，夥伴！」
「……給我差不多一點。」
聖哉突然打了姜德的頭！
一拳一拳又——一拳！
聖哉的土魔法大爆發！姜德的身體在巨響中沉入地下！他被埋起來，整個人都不見了！

「聖、聖、聖哉先生？」

「聖哉！你做得太過火了！這次姜德連額頭都沒露出來啊！」

我和殺子看得膽戰心驚，奈菲泰特大人卻笑著走近，撿起姜德那把劍柄刻著「屍體」的殺手劍，遞給聖哉。

「這個，要插在地面上吧。」

「嗯，說得也是。」

聖哉把劍插在埋了姜德的位置，劍彷彿成了姜德的墓碑。

聖哉充滿感慨地說：

「不但學會幽滅靈劍，成功合成殺手劍，還替煩人的傢伙蓋了墳墓……」

聖哉接著像平常一樣撩起瀏海。

「一切準備就緒（Ready perfectly）。」

奈菲泰特大人豎起大拇指，殺子說不出話來，姜德則埋在地下。看到這幅景象後……

「外務」究竟是什麼？是不是真的為了姜德？我也搞不太清楚了。

第四十九章　沙之鎮

把姜德從地下挖出來後，我去找伊希絲妲大人商量，取得了能把門開在死皇所在的艾阿利斯大陸的許可。不過，聖哉沒叫我馬上開門。

「雖然不知道死皇在艾阿利斯何處，但北部接近魔王所在的賈斯特雷德大陸，還是避開為妙。我想先去南部探查一下情況。」

「聖哉，南方好像有個叫『伏爾瓦納』的城鎮。我把門開在那裡，順便去那裡蒐集情報如何？」

「這個鎮在死皇統治的大陸上，那裡很可能已經充滿了不死者和鬼魂，把門直接開在鎮上很危險，往南移五百公尺再開吧。」

「好、好吧，我知道了。」

聖哉依舊那麼謹慎，但他的話也不無道理。我於是照他所言，把門開在離鎮上有段距離的地方。

聖哉終於慢慢地把手放上門。等聖哉緩緩地開了門後，我們跟著他走進門裡。

「嗚哇……都是沙……！」

殺子一走出門就高聲喊道。她說的沒錯，整個腳下四面八方都是沙子。抬頭一看，天上艷陽高掛，我們來到了沙漠正中央。姜德瞇起眼睛，遠眺地平線彼端。

「那是伏爾瓦納鎮嗎？」

雖然酷暑讓空氣如海市蜃樓般搖曳不定，不過在姜德所指的方向上，的確有個像城鎮的地方。

「好像是呢，總之先走去那裡吧。」

「……等一下，莉絲妲。」

正要朝伏爾瓦納走去時，聖哉制止了我們。我回過頭，看到聖哉蹲在地上，用手貼著熱騰騰的沙。

「聖哉，你要幹嘛……咦，哇哇！」

沙中突然冒出魔巨像！繼第一個後，又出現第二個、第三個……總共做了四個魔巨像後，聖哉說：

「我們要坐在這些魔巨像的背上前進。」

其中一隻魔巨像的大手抓住我，讓我坐上它的背。其他魔巨像也把姜德和殺子硬是放到背上。

「聖哉！為什麼要這樣？」

「這裡是沙漠地帶，可能會有怪物像蟻獅一樣，抓住獵物的腳拖進熱沙裡。到時只要坐在巨大的魔巨像上就能安心了，而且……」

「而且怎樣？」

姜德一問，聖哉就露出自信滿滿的表情。

「……應該很好玩吧？」

「不、不！這一點都不好玩……！」

姜德說的沒錯！這到底有什麼好玩的？真搞不懂這勇者的品味……！

但殺子倒是用開心的語氣說：

「我覺得很好玩呢！」

這樣啊～！是覺得像坐在大象的背上嗎？

「嗯，那就繼續前進吧。」

於是我們——應該說，揹著我們的魔巨像開始移動，但才走不到幾步，眼前的沙子就突然隆起，毫無血肉的白骨從地底竄出！

「這、這是什麼！」

從沙中現身的是拿著劍的骷髏！有近十個骷髏劍士！

「喂，勇者！有一群骷髏！要下去應戰嗎？」

「不用。這裡交給魔巨像就好。」

骷髏戰士舉起劍，發出喀啦喀啦的聲響，朝我們步步逼近。不過吃了魔巨像的重拳後，它們全都彈飛出去，一下子就散得七零八落。

真、真不愧是精熟土魔法的聖哉做出的魔巨像！戰鬥力好驚人！

聖哉繼續穩坐在魔巨像上，還不忘對動也不動的骷髏伸出手，用「無限落下（Endless Fall）」讓殘骸沉入地底。我發現他盯著一具倒地的骷髏看，跟其他殘骸相比，這副骷髏只有頭部損壞，身體還很完好。

「姜德，要不要拿這具骷髏當新身體看看？」

「不、不用了，就算從不死者變成骷髏也毫無意義吧。我才不要……」

「這樣就不會有屍臭了。」

「我都說了，我才不要變成『陌生人的骨頭』呢！就算腐爛了，也還是自己的身體最好！」

「唉唉，真是挑剔的傢伙。」

「！我有挑剔到要被你這麼說嗎！」

姜德拒絕當無頭的骷髏啊……也、也對，這是當然的。不過仔細一想，既然不能借用活人的身體，那要幫姜德換身體時，也只能拿怪物來替代吧？

不管怎樣，把骷髏掃蕩一空後，我們又開始朝伏爾瓦納前進。但過沒多久，前方又出現數個像紅色霧靄的物體！不會錯的，那些沒有實體的怪物是——

「聖哉，是鬼魂！數量好多喔！」

從霧靄中浮現看似滿懷恨意的人類臉孔。應該是人類死後的怨念得到魔王之力，變成了凶惡的怪物吧。

「哦，這些是鬼魂嗎？現在就來展現修練的成果。」

聖哉把意念送進自己的劍，發動奈菲泰特大人傳授的幽滅靈劍。他穩坐在魔巨像上，舉起包覆白膜的劍。

「你們也把腰上的殺手劍拔出來。」

「好、好的！」

我們從聖哉給我們的劍鞘中拔出殺手劍，沒想到劍身已經跟聖哉的劍一樣包覆了白膜。

「咦咦！這是表示幽滅靈劍已經發動了嗎！」

「我在神界時已經事先賦予這些劍靈力，這次你們也要幫忙。」

聖哉難得要我們幫忙！之前我明明一直想幫忙聖哉，但等到真的要戰鬥了，手卻不爭氣地顫抖起來！

我也得用這把劍戰鬥嗎！我、我辦得到嗎……不、不對，我在想什麼！女神的職責是輔助勇者！我得加油才行！

我模仿姜德，拿起用不習慣的劍……聖哉卻用冷淡的眼神盯著我們看。

「你們在做什麼？趕快把你們的劍拿給魔巨像。」

「「咦咦！要拿給魔巨像嗎！」」

我和姜德都很驚訝，但還是照他所言把劍遞給魔巨像。魔巨像接過帶有靈力的劍，直接突襲鬼魂大軍！只見它們旋轉粗如樹幹的手臂砍殺敵人！那些鬼魂挨了一記幽滅靈劍後……

「喔喔喔喔喔……」

發出嘆息，名副其實地煙消雲散了。

……在那之後，魔巨像揹著我們，同時恣意揮舞幽滅靈劍，表現非常活躍。雖然多虧了魔巨像的奮戰，讓鬼魂的數量迅速減少，但姜德的表情卻很微妙。

「全部交給魔巨像嗎……總覺得完全沒有『打倒敵人的實感』呢……」

「要『打倒敵人的實感』幹嘛？我不需要那種東西。安全第一。」

「這麼說也沒錯啦……」

啊、啊哈哈……馬修以前也是這樣，男人果然還是想跟怪物戰鬥呢。

但這時我發現聖哉眉頭緊皺，直盯著某一點看。

「……喂，殺子，妳在做什麼？」

我看到殺子也大吃一驚。殺子並沒有把殺手劍交給魔巨像，而是發著抖，自己握著劍。

「如、如果可以……我想靠自己的力量跟鬼魂打打看！」

「！小殺？」

不、不行，不能對聖哉那麼說啊！反正現在這樣也打得很順利，就乖乖聽聖哉的話嘛……！

聖哉瞪著殺子說：

「妳就這麼想測試自己的力量？」

「是的！我想變強！」

聖哉陷入沉默。正當我擔心他的拳頭會不會對著殺子時……

「好吧，那妳就試試看。不過在我說可以前，妳都不能從魔巨像上下來。」

「我知道了！」

咦，奇怪！聖哉居然同意了！總覺得這不像他的作風！

聖哉意外爽快地接受殺子的意見後……

「……幽壞鐵鎖。」

發動瓦爾丘雷大人那招對鬼魂有效的破壞術式，用手中出現的鎖鏈將一個鬼魂五花大綁。看到鬼魂完全無法動彈，聖哉點點頭。

「好，殺子，妳試著攻擊這個無法行動的鬼魂看看。」

「好！」

保、保護得太周全了吧！不過這也沒什麼不好啦！

殺子從魔巨像上下來，戰戰兢兢地靠近被鎖鏈束縛的鬼魂。但她面對鬼魂時，始終抖個不停。

「怎麼了，小殺？只要砍下去就好啦。」

「那、那個……一想到這個鬼魂原本也是人類，就覺得有點……」

善良的殺人機器遲遲不肯發動攻擊。聖哉輕嘆一口氣，親自朝用幽壞鐵鎖抓住的鬼魂砍去。

「既然下不了手，從一開始就該老實地交給魔巨像才對。」

「對、對不起……」

「小殺！不要勉強！戰鬥這種事慢慢習慣就好！」

我正在安慰沮喪的殺子時，姜德突然扯開嗓門大喊。

「又有新的鬼魂出現啦！數量比剛才還多！」

我一看，有幾十隻鬼魂分別從左右朝我們而來！

的、的確，數量實在太多了！這樣沒問題嗎？

這時聖哉朝自己的面前伸出手。

「職業轉換（Job Change）。從土魔法戰士轉職成火魔法戰士。」

聖哉接著用雙手對準鬼魂大軍。

「爆殺紅蓮獄（Maximum Inferno）。」

聖哉的手剎那間噴出火焰，分成好幾道火束襲向逼近的鬼魂群！那些鬼魂被熊熊烈焰吞噬……

「啊啊啊啊啊……！」

最後留下慘叫聲消失無蹤。

「……火焰魔法很有效嘛！這樣就不需要幽滅靈劍了吧！」

「說不定接下來會有機會用到。再說，如果不靠幽滅靈劍就能打倒，這不是也很好嗎？」

「是、是這樣沒錯啦……但既然都特地修練了，總覺得不太甘心……」

「那是其次，更重要的是鬼魂沒有肉體，不能用無限落下埋起來，所以也只能徹底燒掉了。」

聖哉朝著剛才還有鬼魂，現在卻是空蕩蕩的空間放出火焰。

「那傢伙到底在幹嘛……」

我和姜德冷眼旁觀了十分鐘後，聖哉又繼續朝城鎮前進。

我們搭乘魔巨像前進了一段時間後，伏爾瓦納鎮的全貌映入眼簾。

「聖哉！已經快到伏爾瓦納了！」

就在我大喊時……

「噗哇！」

突然有陣風吹來，沙子跑進眼睛。我立刻閉上眼睛，這時身旁的姜德發出「嗚！」的聲音。

「唔……嗯……」

我揉了揉眼睛，然後睜開。

——奇怪……？

我忽然感到一陣不對勁，因為伏爾瓦納的外觀跟我之前從遠方看到的相比，似乎產生了些微的變化。

我以為是我多心，聖哉卻「嘖」了一聲。

「小心，莉絲妲，剛才吹起陣風時，我有種奇怪的感覺。」

「啊，聖哉，你也感覺到了？」

「說不定是闖進了死皇的地盤，絕不能掉以輕心。」

「好、好的！」

姜德和殺子都一臉嚴肅地點點頭。我們帶著緊張的心情，繼續朝伏爾瓦納前進。

在鎮的入口有個女子身穿把頭部整個包住的民族服飾。她察覺我們的到來，就拿下了遮臉的頭巾。她是位肌膚曬成褐色的美人。

看到我們乘著魔巨像來，女子露出納悶的表情，但在發現聖哉後，又立刻換上笑容。

「聖哉大人！」

她邊叫邊跑向聖哉的魔巨像。聖哉拔出劍。

「妳是誰？別靠近我。」

「咦咦！您忘了我嗎？我是古雷斯丹的妻子蜜蕾啊！」

「古雷斯丹和蜜蕾我都不認識。」

「怎麼會……！」

自稱蜜蕾的女子一臉困惑。這、這個人一定有見過一年前的聖哉吧！

「抱歉！聖哉他失去了一些記憶！」

我裝出笑容在一旁幫腔。

「是、是這樣嗎？前些日子見到您時，您明明還好好的……」

咦咦？一年前算是「前些日子」嗎？

我覺得有點不可思議，姜德和殺子則帶著笑容，眺望伏爾瓦納那些似乎是用泥土塗抹固定而成的房屋。

「這個鎮好像沒事！」

「看來死皇還沒把魔掌伸向這裡呢！」

蜜蕾聽了，露出錯愕的表情。

「『死皇』？那是什麼？」

「咦？妳不知道嗎！」

——竟然不知道統治這塊大陸的怪物叫什麼名字嗎！

看我們面面相覷，蜜蕾笑咪咪地說：

「自從聖哉大人打倒魔王阿爾特麥歐斯後，這塊土地就一直很和平。」

第五十章　另一個他

「打倒魔王？妳是說聖哉他嗎！」

蜜蕾的話讓我一時啞口無言。

等、等一下，這個人到底在說什麼？就是因為聖哉在一年前輸給魔王，讓伊克斯佛利亞毀滅，我們才會再次來拯救世界啊！

但蜜蕾也是一臉錯愕。

「我還以為聖哉大人帶了古雷歐拜託他的陶器材料來呢……難道不是嗎？」

「古雷歐？陶器？」

「古雷歐是我和古雷斯丹的兒子。我丈夫古雷斯丹在鎮上經營旅社，半個月前聖哉大人從塔瑪因來這裡時，古雷歐曾拜託他帶拉多拉爾大陸的土來。因為拉多拉爾的土跟這塊大陸上的土混合後，會成為品質優良的黏土。」

「是、是喔……」

蜜蕾的話我聽不太懂。半個月前拜託聖哉帶陶器的材料來？自從來到伊克斯佛利亞後，聖哉就都在和我一起旅行，不可能有這種事。

這個女人有點怪怪的——就在我這麼想的瞬間，聖哉突然一把揪住我的脖子，把我從蜜蕾身旁拉開！

「嗚耶！幹嘛突然這樣啊！」

「莉絲妲，門開得了嗎？妳快試試看。」

「為什麼要現在開！」

「廢話少說，快試。」

我心不甘情不願地詠唱咒語，叫出門來。但當我打開門後，裡面竟是一堵白牆！

——這、這是……咒縛之球的影響！

聖哉點頭，那個表情彷彿在說著「果然如此」。

「嗯，這下就能確定這個鎮是在死皇的管轄範圍內了。」

「這麼說來，難不成這鎮上的人是……！」

我看著佇立在原地的蜜蕾以及她背後熙來攘往的人群，不禁毛骨悚然起來。既然名號是死皇，會不會這裡其實是「死者之鎮」呢！

我膽戰心驚，聖哉則不悅地皺起眉。

「這是怎麼回事？我竟然這麼輕易地闖進敵陣裡。我在伏爾瓦納四周放了土蛇進行偵查，是因為沒發現任何怪物，所以才沒向我做任何報告吧。以後得把它們改良成一有風吹草動就會立即向我回報才行。」

「算、算了啦，這種事誰也防不了吧……」

當聖哉正在後悔進入了伏爾瓦納時，姜德和殺子用疑惑的表情往四周張望。

「這種情況的確很奇怪。在伊克斯佛利亞竟然還留著這麼和平的城鎮，實在令人難以相信。」

「在鎮外明明有很多骷髏和鬼魂，這個鎮竟然能平安無事，果然怪怪的……」

聖哉也默默點頭。

「這個鎮上的居民的確很怪，但問題在於背後的真相。『死人群聚』、『幻術效果』、『魔物變化』、『土人偶』……可能性太多了，得逐一消去才行。」

「『消去』？」

聖哉靠近蜜蕾，一邊走一邊從懷中取出像工作用棉紗手套的東西戴上，再把手伸向滿頭霧水的蜜蕾，一把扯開她的胸口！蜜蕾的豐滿胸部頓時走光！

「聖、聖哉！」

這唐突的性騷擾嚇到了我，聖哉卻毫不在意，還用雙手摸起蜜蕾的胸、腰、手腳，可說全身都不放過！蜜蕾的臉逐漸染上紅暈！

「啊啊，聖哉大人！那、那裡……啊、啊！」

「聖哉！你在幹嘛！對、對、對不起，蜜蕾小姐！」

但蜜蕾卻露出陶醉的表情。

「不，沒關係，這樣……很好。我丈夫都不會對我這麼做……」

「！蜜蕾小姐？難道是發情了嗎！」

這位有夫之婦情緒亢奮，並沒有在生氣。

真是豈有此理！就因為是帥哥，所以連性騷擾都沒關係嗎？如果換成姜德來做，絕對會鬧上警局的！

正當我感嘆著這世間的不公不義時，聖哉放開蜜蕾，喃喃開口。

「用沾有聖水的手套觸摸卻毫無反應，能力值也確認過了。看來這女人並不是屍體、魔物或人偶，而是真正的活人。」

姜德瞇起眼睛，望向路上的行人。

「其他人好像也不是不死者。雖然很不想這麼說，但我就是知道。」

不死者似乎能感應到其他不死者的氣息。這麼說來，我的女神直覺也沒有在蜜蕾和來往行人的身上感應到邪惡的靈氣，這些人似乎沒有要欺騙我們的意思。

「既然這樣，那這個鎮到底……咦……？」

我邊說邊看向聖哉，然後立刻嚇了一大跳。聖哉竟毫無預警地用殺手劍刺向自己的手背！劍貫穿手背，鮮血滴滴答答流個不停！

「你、你在幹嘛！」

「我試著施加肉體劇痛，卻沒有任何變化，看來這也不是幻覺。」

他是怕自己可能中了敵人的幻術，才想藉由疼痛讓自己清醒嗎！

「總之，雖然我應該不至於中了幻術還渾然不覺，但為了保險起見，還是得試一下……喂，莉絲姐，快治好我。」

「我知道啦！」

真是的！平常明明那麼謹慎，卻又會面不改色地做這麼亂來的事！你這個人喔！

我用治癒魔法治療聖哉的傷口時，聖哉又若無其事地喃喃開口。

「換句話說，目前可信度最高的假設，就是『鎮上的人雖然活著，卻被敵人用催眠術操縱了』。」

我好不容易讓傷口癒合後，聖哉又拿出帶來的藥草，邊敷手背邊說：

「不管怎樣，這個鎮實在可疑，我想先暫時撤退……」

「可是勇者！如果你剛才的話屬實，就代表鎮民都是活著的普通人吧？」

「如、如果真是這樣，那要是我們離開，他們不就危險了嗎！」

「沒錯！我們得在死皇下手之前保護好他們！」

我們都盯著聖哉看，他大大地嘆了口氣。

「沒辦法了，我們就先待一陣子觀察情況吧。再說，現在出鎮也不一定是上策。」

「咦……」

聖哉抬頭望向伏爾瓦納的天空。這個城鎮上方的天空雖然晴朗，鎮外卻飄著顏色毒豔的烏雲，感覺充滿邪氣的是鎮外，而非鎮內。

「那我們就一邊保持最高警戒，一邊探索這個鎮吧」。你們絕不能離開我身邊。」

聖哉邁開步伐，我們追在後頭。當我們正打算走進鎮裡時，蜜蕾向我們搭話。

「各、各位，穿過這條馬路就會到我們家的旅社。我們會照往例，不收取任何費用，還請各位稍後能移駕寒舍……」

伏爾瓦納很有沙漠城鎮的感覺，腳下都是未經鋪設的路面。馬路上帳篷林立，像中東的市集一樣把商品放在地上販售。

「勇者大人！您好！」

「祝您順心，聖哉大人！」

「從塔瑪因遠道來視察，真是辛苦您了！」

伏爾瓦納的人們跟聖哉擦身而過時，都用親暱的口吻向聖哉搭話。他們的眼神充滿敬意，跟我們在伊克斯佛利亞常常看到的輕蔑眼神截然不同。沒錯……就彷彿聖哉真的打倒了魔王一樣……

「喔！真難得！竟然有武器攤呢！」

——武器攤？

姜德指向某個帳篷，地上排放著形似軍刀的劍。因為伊克斯佛利亞是被魔王征服的世界，所以我們至今從沒買到任何像樣的武器。

聖哉似乎也有點好奇，他走近武器攤，物色了一會兒後，一臉興致缺缺地低聲說：

「好弱的武器。」

我發動鑑定技能。那些武器的攻擊力不及殺手劍，甚至還遠遜於白金之劍。

「畢竟是可能被魔物操縱的人類賣的東西，不可能有像樣的，我甚至懷疑放在這裡的劍都不是真的。」

「咦？可是看起來就是一般的劍啊。」

「我以前看過狸貓用幻術矇騙旅人的繪本。即使鎮上的人不是幻覺，不保證賣的東西就不是，很可能買了以後會變成泥巴丸子。」

「的確有可能呢。」

聖哉平常就凡事存疑，不過這次我也完全贊同他的看法。看來在這家店沒什麼好買的。

但就在我要離開時，竟目睹到令人難以置信的場景。

聖哉從懷中拿出裝錢的袋子，對頭纏頭巾的老闆開口。

「那種劍我要一百把。」

「！結果你還是要買嗎！根本前後矛盾嘛！」

「考慮到那可能會有超低機率不是泥巴丸子，姑且還是買起來放。」

「不管怎樣都不必買到一百把吧！萬一全是泥巴丸子怎麼辦！」

「就算全是泥巴丸子，說不定以後也能派上用場。」

原本一直默默旁聽我們對話的老闆終於動怒吼道：

「我才沒有賣泥巴丸子！」

……總之我讓聖哉打消買一百串泥巴丸子的念頭，改買十串……不，十把劍後，他接著又在道具攤的帳篷前停下腳步。攤位上擺著藥草、解毒草和可以有效治療麻痺的草藥。

「喂，狸貓大叔。」

「你、你是在叫我嗎？」

「沒錯。這裡應該都是些沒藥效的普通葉子吧？」

「這些都是確實有療效的道具！你也太沒禮貌了吧！」

「哼，那就難說了。總之這些『普通葉子』——我全買了。」

聖哉邊講廢話，邊把攤上的草藥全買了。

「結、結果你還是跟平常一樣狂掃貨啊……」

「嗯，我不想以後為了沒買而後悔。」

東西買著買著，天色就開始暗了。當我們提著大包小包走在路上時，在道路的盡頭看到了一棟建築物——雖然也是用土蓋的，卻是我在這鎮上看過最大的房子，那應該就是蜜蕾夫婦經營的旅社吧。有個年幼的男孩佇立在屋子旁。

「啊，聖哉大人！」

男孩察覺到我們後跑了過來，在聖哉面前露出開心的表情。

「你有帶陶器的材料來吧！」

「你在說什麼？我才沒有帶那種東西。」

「咦咦！你抱著的大袋子不是裝著材料嗎？」

「這是『普通葉子綜合包』。」

「！為什麼那種東西要帶那麼多在身上啊？」

小男孩一叫嚷，蜜蕾和某個男人就從屋裡飛奔了出來。那個年約四十多歲，外表忠厚老實的男人走向聖哉，對他鞠躬行禮。這個男人一定就是蜜蕾的丈夫古雷斯丹吧。

「你怎麼這樣講話，古雷歐！真、真是抱歉，聖哉大人！」

「因為聖哉大人沒有帶說好的陶器材料來嘛！」

「聽說聖哉大人現在失去記憶了。」

「咦咦——！怎麼會這樣！」

古雷歐發出嘆息，看來古雷斯丹是從蜜蕾那裡聽到了這件事吧。他用親切的表情和蜜蕾一起用手指向旅社。

「各位應該都很疲憊吧，太陽也快下山了，請進屋裡吧。我們會跟之前一樣準備最上等的房間款待各位的。」

古雷斯丹要領我們進旅社，聖哉卻搖頭。

「我不要，誰會自己特意走進魔窟啊？」

「魔、魔窟？您怎麼這麼說……！」

聽到自己經營的旅社被說成魔窟，讓古雷斯丹錯愕不已。聖哉把他撇在一旁，自顧自地走到遠方的空地上。

「好，就選這裡吧。」

聖哉把手貼在地上，地面瞬間隆起，出現一個大小不輸旅社的洞穴屋！

「什、什麼……！」

聖哉瞄了吃驚的古雷斯丹夫婦一眼後，又用土魔法做了一些魔巨像和土蛇，配置在洞穴屋的四周。之後，他用銳利的眼神看向古雷斯丹。

「你叫古雷斯丹對吧？如果敢趁晚上我們睡覺時來偷襲，就給我做好心理準備，這些怪物到時會全力迎擊夜襲的你。」

「爸、爸爸才不會做這種事呢！」

古雷歐嚷完後又喃喃抱怨。

「唉——不但沒有材料，聖哉大人還怪怪的，真是糟透了……」

這次換蜜蕾責備古雷歐。

「古雷歐，你怎麼能對拯救世界的勇者大人這樣說話！」

「這個人真的是聖哉大人嗎？眼神很凶，態度也很差，簡直就像冒牌貨嘛！」

古雷歐瞪聖哉，聖哉也瞪古雷歐。

等、等一下，聖哉，別這樣好不好！怎麼可以跟小孩子吵架呢！

「不對，我認識的聖哉大人才不是這樣呢……」

古雷歐說完就從聖哉身上別開視線，望向大馬路，這時他的臉突然泛起紅暈。

在年幼的古雷歐的視線前方，有個人影背著夕陽朝這裡走來。在我逆著光瞇起眼看見對方的瞬間，心跳陡然加速。

對方穿的不是鎧甲，而是繡著塔瑪因國徽的貴族服飾。不過那光澤亮麗的黑髮及氣宇軒昂的臉龐，我是不會認錯的。

——騙、騙人！怎麼會有這種事……！

古雷歐開心地大喊。

「你們看，果然沒錯！真正的聖哉大人來了！」

另一個聖哉掛著親切的笑容朝我們走了過來。

第五十一章　並行的世界

我、姜德和殺子正感到驚愕時，古雷歐提高嗓門說：

「那個聖哉大人果然是冒牌貨！」

「你、你在胡說什麼！你們那邊的才是冒牌貨吧！」

我一大叫，古雷歐就滿臉怒意地走向我們，接著不發一語地抓住殺子戴著的兜帽，將帽子一把掀開。

「啊……」

殺子出聲時，她的機械頭部已經露了出來。古雷歐用顫抖的手指著殺子和姜德。

「你們看！是機械和像僵屍的人！帶著這種怪物當夥伴就是冒牌貨的證明！」

經古雷歐這麼一說，古雷斯丹和蜜蕾都露出僵硬的表情，這下子我們真的會被懷疑是冒牌貨了。即使如此，我仍強裝鎮定地對古雷歐開口。

「……古雷歐，你冷靜一點，好好看著我。」

「妳、妳要幹嘛？」

我緩緩地撩起金髮，擺好姿勢。

「有感覺到神聖的光輝吧？沒錯，我是女神莉絲妲黛，而這個聖哉正是要拯救世界的勇者。」

但古雷歐卻用像是看到穢物的眼神看我。

「他不但帶著怪物，還帶著頭腦很笨的女人！」

「！你這個死小孩，看我不揍扁你才怪！」

「嗚哇！不但頭腦笨，連口氣也很差！」

古雷歐一溜煙地躲到冒牌聖哉背後，我見狀焦急地大喊。

「總、總之那樣很危險的！快離開那傢伙！他百分之百是魔物變成的！你說對吧，聖哉？」

我向身旁的聖哉確認，聖哉卻目不轉睛地盯著冒牌貨看。

「莉絲妲，妳看看他的能力值。」

「咦……」

我照聖哉所言，看了冒牌聖哉的能力值。

龍宮院聖哉

ＬＶ：36

ＨＰ：７００２４　ＭＰ：１２０７７

攻擊力：48651　防禦力：47999　速度：42187　魔力：9685
成長度：475
耐受性：火、冰、風、水、雷、土、毒、麻痺、睡眠、詛咒、即死、異常狀態
特殊技能：火焰魔法（LV：10）　爆炎魔法（LV：4）　魔法劍（LV：4）
獲得經驗值增加（LV：8）　能力透視（LV：7）　合成（LV：3）
特技：地獄業火（Hell Fire）
爆殺紅蓮獄
鳳凰炎舞斬（Phoenix Drive）
鳳凰貫通擊（Phoenix Thrust）
吸收動力解放（Drain Charge-Move）
性格：非常衝動

很像聖哉會有的能力值……等一下，那性格是怎麼回事！「非常衝動」不就是變謹慎之前的聖哉嗎！

「好、好猛喔！竟然連能力值都偽裝得出來！」

我對敵人的變化之術感到佩服，冒牌貨聖哉卻對我的好奇眼神視若無睹，自顧自地把行李交給古雷歐。

「古雷歐，這是說好的陶器材料。」

「謝謝您！聖哉大人！」

連聲音都跟聖哉一模一樣。蜜蕾和古雷斯丹交互看著兩個聖哉，和我一樣大感吃驚。

「有兩個聖哉大人！這、這到底是怎麼回事？」

古雷歐躲在冒牌聖哉的背後，手指向正牌聖哉。

「所以我才說那個是冒牌貨啊！聖哉大人，快幹掉他們！」

這時，冒牌聖哉終於開始仔細打量聖哉。

「嗯，的確跟我很像呢。」

他接著走近正牌聖哉！

「哇哇！」

我也躲到聖哉背後。冒牌向正牌發問。

「你叫什麼名字？」

「……龍宮院聖哉。」

「哦，不光是外表，連名字也跟我一樣呢。」

我不知道對方會做出何種反應，緊張得猛嚥口水，沒想到冒牌聖哉只是微微一笑。

「哈哈哈！還真是好巧呢，哈哈哈哈哈！」

！呃，這不是能用好巧一語帶過的問題吧！這傢伙是怎麼搞的！

「你感覺不像外人呢，交個朋友吧。」
冒牌聖哉笑著伸出手，想跟正牌聖哉握手，古雷歐卻介入了兩人之間。
「聖哉大人，這些傢伙是壞人，快幹掉他們！」
我正要說「這是我們的台詞才對」時，冒牌聖哉靜靜地搖頭。
「不，古雷歐，在我看來，這些人不像是壞人。比如說這位女性——她自稱是女神，而她身上散發的氣息也的確跟一年前支援我的阿麗雅相同。」
「你、你竟然連阿麗雅都知道！」
「可是聖哉大人，就算那女人真的是女神，但那兩個是完全的怪物吧！」
「嗯，是殭屍和殺人機器呢。」
古雷歐皺起眉頭，手指向殺子。
「你看那個機械身體！好噁心的怪物！」
「嗚嗚……！」
殺子悲傷地垂下頭。冒牌聖哉見狀，對古雷歐投以嚴厲的眼神。
「不能光憑外表來判斷一切。他們的外表確實像怪物，不過我在這兩位身上感覺不到任何邪惡的靈氣。」
「可、可是，哪有人會和殭屍和機器當夥伴——」
「古雷歐，快跟那個殺人機器道歉。」

遭冒牌聖哉糾正後，古雷歐遲疑了好一會兒，才終於戰戰兢兢地向殺子低頭道歉。

「對不……起……」

「沒、沒關係！那個，我完全不在意！」

看到古雷歐和殺子的互動，冒牌聖哉露出滿意的微笑。這、這種感覺是怎麼回事……上次來伊克斯佛利亞時，聖哉因為狼人的關係，一時之間變得像以前一樣瞻前不顧後，這個聖哉跟當時的聖哉有相同的感覺……唔，不行！我不能被騙！這一定是死皇的陷阱沒錯！

但冒牌聖哉不知何時將視線移向了我。看到他朝我走近，我嚇了一跳。

「幹、幹嘛啦！」

「女神大人，為什麼妳會來這個鎮呢？」

「我是來拯救被魔王毀滅的伊克斯佛利亞的！」

「那就怪了，伊克斯佛利亞明明早已得救，因為魔王阿爾特麥歐斯在一年前就被我打倒了。」

「打倒了？這怎麼可能！阿爾特麥歐斯有兩條命！你們在打倒魔王後放鬆了戒心，結果遭到魔王反擊，導致全隊都死、死、死了……」

我不禁一時語塞，冒牌聖哉則露出驚訝的表情。

「真不愧是女神大人，竟然知道只有我們才知道的事。沒錯，原本以為死於最終決戰的魔王的確用了第二條命復活，不過……這就跟賢者之村的人告訴我們的一樣。」

「你、你們有去賢者之村嗎！」

以前，在伊希絲妲大人透過水晶球讓我看的過往影像中，聖哉應該會因為想早點拯救伊克斯佛利亞的人們，選擇跳過賢者之村，直接打魔王戰才對。

「因為前一天緹雅娜哭著說她『有不好的預感』，我只好勉強改變預定的計畫，先去了一趟賢者之村。現在回想起來，當初聽緹雅娜的建議是對的。如果沒多跑那一趟，我們這個小隊恐怕會全滅。當時，復活了的魔王對柯爾特發動攻擊，擋下那波攻擊後，我就使出在賢者之村學會的招式，打倒了魔王。」

「騙人！這全都是騙人的！」

「我沒有騙妳。」

他用真摯的眼神看我，我不禁僵在原地，心情好像聽幽靈講了鬼故事一樣。不知不覺間，太陽已經完全下山，天色變暗。冒牌聖哉看了看四周。

「女神大人，太陽也下山了，我們要不要先進旅社再聊？」

說完，他指向古雷斯丹的旅社，而正牌聖哉卻用嚴厲的表情搖了搖頭。

「不，等明天再繼續。我們在這邊的洞穴休息就好。」

「聖、聖哉？」

聖哉昂首闊步地走向自己做的洞穴屋。

和古雷斯丹他們道別後，我們穿過有許多魔巨像守備的入口，進入有魔光石照明的寬敞空間中。我把鬱積已久的情緒一口氣倒給聖哉、姜德和殺子。

「我都快被搞瘋了！這到底是怎麼回事？」

不過聖哉只是雙手環抱胸前，默默地靠在土牆上，這時姜德先開了口。

「簡單來想，那個勇者還是最可疑的，會不會是死皇變的？」

「沒、沒錯！也只有這個可能了！」

但殺子卻喃喃地說：

「我覺得……那個聖哉先生沒有說謊。」

「咦咦！小殺！妳怎麼會這麼想呢？」

「就、就是……有這種感覺……」

原本一直保持沉默的聖哉也微微點頭。

「他的確沒說謊。我使出能力透視和鑑定技能，得到的答案都是『他沒有偽裝』。」

「那、那一定是他的變化技能很高明吧！」

「當然也有那種可能，不過我在神界時，已經把拉絲緹傳授的變化之術練到完全精熟。如果對方的變化能騙過我的眼睛，代表他的程度超過拉絲緹了。」

超越變化之神的變化？這、這種事應該辦不到吧……！

「我平時就在設想各種可能性，其中，我有想到這麼一個假設——」

聖哉沉默片刻後開口。

「他說的一切屬實，一年前，我的確在這個鎮上打倒魔王阿爾特麥歐斯，拯救了世界。換句話說，這裡是『把我順利打倒魔王後的世界具象化的城鎮』。」

「怎、怎麼可能……！」

不僅姜德驚訝到說不出話……就連我也對這說法極度存疑！將我們所在的世界以外的另一個世界的一部分具象化——！這根本是造物神等級了吧！就算死皇之力跟邪神之力再怎麼互相結合，也不可能發生這種事吧！

「這只是假設，死皇用巧妙的偽裝欺騙我們的可能性依舊存在。」

我和姜德陷入沉默，殺子對聖哉發問。

「如果這真的是和我們的世界不同的世界，那死皇讓我們進來這裡的目的又是什麼呢？」

「目前還一切未明。雖然我用土蛇調查過鎮上所有的人，但沒有任何人散發出可能是死皇或魔物的氣息。我也考慮過死皇想把我們困在這裡的可能性，所以透過設置在塔瑪因和賈爾巴諾的土蛇監視器做過確認，但那些地方現階段也沒有異狀。」

「真是莫名其妙！死皇到底有什麼企圖啊？」

姜德咂舌。敵人的模樣和動機一概不明，真是詭異到極點。即使如此，聖哉依舊和平常一樣，不改冷靜的態度。

「我在鎮上配置了很多魔巨像和土蛇，我們就繼續保持最高警戒，靜觀敵人如何出招吧。」

聖哉接著在地面上橫躺下來。

「這次說不定是場長期抗戰，我在洞穴裡準備了每個人的房間，今天就先休息吧。」

連聖哉都想不透的事，我更不可能搞懂。我於是乖乖地走向自己分配到的房間，在聖哉的洞穴裡度過一夜。

第二天一大早。

睡不太好的我走出房間，從洞口往外窺探。在依舊昏暗的天空之下，土造房屋和帳篷雜然陳列的伏爾瓦納街景映入眼簾。

——這個鎮所在的世界跟我們的不一樣？唔，我還是無法置信……

在我思考著這件事時，聖哉在不知不覺中來到我身旁。

「啊，早安，聖哉。」

「嗯。」

他拿出放在籃子裡的麵包。

「這是早餐的麵包，大家分著吃吧。」

「謝謝。」

哎呀，今天他心情似乎不錯呢。

我接過麵包，聖哉瞇起眼睛，凝視地平線的彼端。鎮外的天空一片灰濛濛。

「妳看，是沙塵暴。」

「沙塵暴……對喔，難怪看起來陰陰的。」

「嗯，只要出現那個，就有兩三天出不了伏爾瓦納。」

「哦，你滿清楚的嘛。」

我不經意地把視線移向聖哉，才驚覺身旁的聖哉沒有穿盔甲！

「！你、你難道是……冒牌聖哉！」

「我不是冒牌的，不過也的確不是女神大人妳的夥伴呢。」

「噫！」

我嚇得腿軟，連忙往後退！糟、糟糕！他會襲擊我嗎？

冒牌聖哉察覺到我很害怕，用溫柔的語氣開口。

「妳不用害怕，雖然雙方的主張不同，但我知道你們並非邪惡之徒。既然如此，不管有沒有打倒魔王，都不是什麼大問題吧？」

「呃，不，我倒覺得這問題可大了……！」

話說這個聖哉竟然完全相信我們的話！就這一點來看，的確很像衝動時期的聖哉呢！

不管怎樣，至少他看起來沒有要加害於我的意思。就在我感到放心的同時，腳下的土忽然出現龜裂，有東西往地上竄出！

「咦咦！這是什麼！」

升上地面的是身穿鎧甲的聖哉！

「！你怎麼每次都這樣突然冒出來！」

「我躲在地下觀察狀況，想說等一下冒牌貨襲擊妳時，就能當場逮個正著……」

「我才不會做這種事呢。」

「是喔。」

聖哉拍掉身上的沙土，走向冒牌聖哉。

「我有件事想問你。你有個我不知道的特技『吸收動力解放』——那是在賢者之村學的嗎？」

「沒錯。這招能在防禦敵人攻擊時順便吸取對方的力量，雖然這段時間內無法發動任何攻擊，但只要把力量填充完成，就能使出結合了敵人攻擊力的強力反擊。」

「你就是用這一招打倒復活的魔王嗎？」

冒牌聖哉用嚴肅的眼神看向聖哉。

「你有興趣嗎？不嫌棄的話，要不要我教你這一招？」

「說得也是。為了保險起見，還是學一下好了。」

咦咦！真的要嗎？

我把聖哉叫來咬耳朵。

「讓冒牌貨教你招式真的沒問題嗎，聖哉？」

「別擔心，我會一直保持警戒。而且我還有另一個目的，要在跟他交談的時候探他的底細。」

「是、是這樣啊……！總之你千萬要小心喔……！」

兩人接著拿起劍，冒牌聖哉指導聖哉做出把劍往後拉的動作。剛開始我還以為會是普通的練習，沒想到……

「在這裡要拿出小學時在疊羅漢金字塔底下撐住的感覺，把腳步踏穩。」

「喔。」

「要放鬆身體，用嚼口香糖的感覺緊咬對方的攻擊。」

「原來如此。」

——呃，這對話根本莫名其妙嘛！

冒牌聖哉的教法我完全聽不懂，不過這種特殊的指導方式，也讓我越看越覺得他真的是聖哉。過了一會兒後，姜德和殺子也從洞穴屋裡出來，開始旁觀兩個聖哉修練。

「是、是在練劍嗎？」

「不過……還真是奇妙的景像呢。」

姜德說的沒錯。聖哉正在教聖哉劍術，彷彿一個模子刻出來的聖哉們不斷地練習著。

……大約過了一小時後，我對聖哉說：「差不多該休息了吧？」

「「什麼？」」

兩人同時回頭。

「不，不對，我叫的是這邊的聖哉——」

「「哪邊的？」」

「！真是的，麻煩死了！」

我指向穿盔甲的聖哉。

「和我一起來的聖哉，就叫『謹慎聖哉』！」

另一個聖哉聽了朗聲大笑。

「謹慎聖哉嗎？哈哈哈哈。」

「而你是『衝動聖哉』！聽到了嗎！」

「唔，為什麼我是衝動的？……算了，叫什麼都好啦。我們繼續練習吧。」

「就是指你這種地方啦！」

我一大叫，衝動聖哉就露出天真無邪的笑容。那是謹慎聖哉平常絕不會露出的爽朗笑容。我看著那個笑容，感覺自己對他的戒心變得越來越薄弱。

第五十二章　愛之形

時間過了兩小時，練習也進入實戰階段。衝動聖哉和謹慎聖哉以真劍交鋒，金屬聲響徹四周。

當修練正如火如荼進行時，我突然發現殺子不在姜德身旁。

「咦？姜德，小殺呢？」

「妳說殺子啊，剛才古雷歐牽著她的手，帶她去旅社了。」

「等一下！你怎麼不看好她！小殺還只是個孩子啊！」

「妳自己也沒看好她吧！」

我把聖哉們留在原地，連忙趕往旅社。雖然古雷歐不至於給我危險的感覺，我仍舊擔心他會像昨天一樣，看殺子是機器就欺負她。

旅社櫃檯是他父親古雷斯丹在顧，我向他詢問，他說古雷歐在後面的帳篷裡。

我於是繞到後院，打開大帳篷的入口。

「……小殺在嗎？」

「啊，在！我在這裡！」

我進入帳篷，看到古雷歐和殺子並肩坐在一起。古雷歐用沾滿泥土的手揉著黏土，他的母親蜜蕾也在一旁，身後的架子上擺放著用土做成的各式陶器。

「咦？你們在做什麼？」

「做陶器！」

殺子開心地說。蜜蕾走過來對我耳語。

「古雷歐一直把昨天的事掛在心上，所以他說想教殺子小姐做陶器。」

「啊，原來是這樣啊！」

古雷歐不但沒欺負殺子，還試著對她伸出友誼之手。這樣啊，當初只覺得他是個囂張的臭小子……沒想到他的心地如此純真呢。

「不過竟然是做陶器啊。就一個孩子來說，這興趣還真老成呢。」

蜜蕾聽了微微一笑。

「伏爾瓦納的人民都對大自然充滿感謝，因為深愛著支撐我們的大地——所以在這裡，做陶器是很盛行的。」

古雷歐沒用轉盤，而是直接用手將黏土捏成小小的壺。他自信滿滿地把成品展示給殺子看。

「就是這樣的感覺，懂了嗎？換妳來做做看。」

「好！」

殺子接過黏土，模仿她看到的方式來捏，卻總是不太順利。古雷歐露出傻眼的表情。

「妳明明是機器，居然這麼笨拙……」

「抱、抱歉。」

「妳看，要這樣捏。」

「啊，原來如此！」

——呵呵！感覺有點像大哥哥呢！

看到古雷歐拉著殺子的手捏黏土，我忍不住莞爾。嗯，反正蜜蕾小姐也在旁邊，看樣子應該沒問題。

這時我發現在帳篷中擺著一個很大的陶盤，大陶盤上畫著一群戰士跟狀似蠍子的怪物戰鬥的場面。

「吶，蜜蕾小姐，這難道是……」

「沒錯，這就是聖哉大人的小隊。聖哉大人一年前來到伏爾瓦納，幫我們解決了在本地肆虐的『蠍子王』。這是把當時的場面畫在陶器上燒製而成的。」

蜜蕾的眼神飄向遠方，繼續述說。

「當時我曾近距離目睹聖哉大人的戰鬥。聖哉大人的小隊挑戰蠍子王的戰況，可說是慘烈到了極點。聖哉大人雖然腹部被蠍子王的尾巴刺中，仍舊勉強取得了勝利。」

「咦咦！在腹部被刺中的情況下贏了？當時到底是什麼情況啊！」

「小隊的其他成員也中了毒、麻痺和睡眠，連站都站不穩。」

「又、又在等級低的時候就去挑戰！那個聖哉真是有夠衝動的！」

他和謹慎聖哉之間的落差讓我再一次感到傻眼，這時蜜蕾卻笑了。

「雖然當時的確讓人看得提心吊膽，但我們伏爾瓦納的居民還是很尊敬聖哉大人……尊敬這位即使對上比自己強大的敵人，仍舊拚命迎戰的勇者大人。」

「嗯～不管哪一個都很極端呢。要是加在一起除以二就剛剛好了……」

和蜜蕾聊過後，我把正熱中於做陶器的殺子留在這裡，回頭去找聖哉。

我回到旅社前，嚇了一跳。聖哉們竟然還在用劍對打。

「怎麼還在打啊……！」

「是啊，開始之後就一直在練，完全沒休息。謹慎的還好，衝動的倒是情況不妙，看起來隨時會倒下。」

姜德說的沒錯，衝動聖哉的神情明顯露出疲態。體力似乎已達極限的衝動聖哉喃喃抱怨。

「你、你招式都學會了，這樣就夠了吧？」

「還不行，我想練得更熟，因為我非拯救世界不可。」

「對喔……你那邊的世界還沒得救呢……！」

衝動聖哉接著咬緊牙關。

「好，我知道了。我會奉陪到最後一刻的。」

但衝動聖哉的身體不停打顫，對打一會兒後，他就像漫畫人物般「啪！」的一聲猛然倒地。

「等、等一下！」

「我不是要你手下留情嗎！這邊的聖哉遠比你弱耶！」

我跑向聖哉們，抱起昏倒的衝動聖哉，並斥責謹慎聖哉。

「嗯。」

謹慎聖哉靠近衝動聖哉，一下把手貼在他的心臟上，一下用手指撐開衝動聖哉緊閉的眼瞼。我本來以為他在確認衝動聖哉是否安好……

「從各方面推測，他果然就是以前的我……就現階段來說是這樣沒錯。」

結果聖哉根本不擔心衝動聖哉，只是在仔細地分析他而已。謹慎聖哉接著抬起頭，望向鎮外灰濛濛的天空。

「他說沙塵暴還要等兩三天才會停，在那之前我們就先按兵不動，維持現狀，繼續觀察這個鎮吧。」

聖哉說完就一個人大步離去。喂，等一下！這邊的聖哉怎麼辦啊！

我不能放著衝動聖哉不管，只好請姜德幫我把他搬到旅社去。

我跟古雷斯丹商量，借了個房間讓衝動聖哉臥床靜養。姜德把人搬來後就先行離開，把我和衝動聖哉留在房內。

保險起見，我查看他的能力值的體力，不禁為之驚愕。

HP：3／70024

！喂──！HP竟然只剩3！這個人怎麼會被練習搞到差點沒命啊！

他應該是在超越了極限的狀況下陪聖哉修練的吧。結果瀕死的聖哉在這之後整整睡了一天。

等到衝動聖哉終於醒來時，已經是第二天中午了。

「……哎呀，是女神大人啊。」

衝動聖哉看到我坐在椅子上看顧他，便喃喃開口。

「還有心情說『哎呀，是女神大人』？你也太勉強自己了吧。」

他聽了微微揚起嘴角。

「那邊的我好猛啊，招式都學會了還不夠，完全不肯罷休。換作是我的話，在學完基礎後就會滿足地收手了。明明同樣是自己，性格卻完全不同呢。」

「這個嘛，他也是經歷過很多事才會變成那樣的。」

「我聽說女神大人你們的世界被魔王毀滅了，應該是這個經驗太痛苦，才會改變了我的性格吧……」

衝動聖哉似乎在想像謹慎聖哉的遭遇，這時我突然想到了一件事。

「我、我問你喔，你打倒了魔王對吧！那在你的世界裡，塔瑪因也沒事嘍？」

「當然了，目前一切和平。現在我以塔瑪因為據點，守護著世界的安全。我來伏爾瓦納也是順便視察，等沙塵暴過去後，就會回塔瑪因了。」

「這就代表……緹雅娜公主也在嘍！」

「嗯，緹雅娜和孩子都在等著我回去。」

我的心臟劇烈跳動。

「她、她肚子裡的孩子……已經出生啦！」

「是啊，不過還是個小嬰兒。」

「是男孩還是女孩？」

「是女孩。」

「身體健康嗎？」

「很健康……女神大人，妳怎麼哭了？」

經衝動聖哉這麼一說，我才恍然回神。淚水從我眼中滿溢而出。

「不，沒、沒什麼……對了，那你就不回日本了嗎？」

「我在這個世界有了願意賭上生命守護的事物，所以我決定留下來。」

這句話彷彿落井下石，逼得我眼淚潰堤不止。衝動聖哉所在的這個世界，一定就是我還是緹雅娜公主時所盼望的世界。不……即使對現在的我來說……

——唉……如果這世界是真的，那該有多幸福啊……

就在我這麼想的瞬間……

「莉絲姐，這就是所謂的『外國的月亮比較圓，外來的和尚會唸經』。」

在只有我和衝動聖哉的房間裡，突然迴盪起一個冷淡的聲音！

咦咦咦咦咦！這個聲音究竟從哪裡發出來的！

我心驚膽戰地往四周察看時，另一個聖哉突然從床底下爬出來！

「！你怎麼又從床底下爬出來！那裡是你的老位子嗎！」

我大叫。突然「咚」的一聲！頭又被打了！

「好痛啊啊啊啊啊！幹嘛突然這樣！」

「別痴人說夢了，快回到現實。」

「啥！」

謹慎聖哉說完這句話就走出房間，我不禁愣了好一會兒。恢復冷靜後，怒意也跟著湧上心頭。

「真、真不敢相信！那個跟蹤狂究竟是什麼時候躲到床底下的！」

「妳還好吧，女神大人？」

「嗯，勉強算吧……」

衝動聖哉擔心被打了頭的我。「跟那個聖哉相比，衝動聖哉要正常多了」——當時我是這麼想的。

隔天。

在洞穴屋醒來時，謹慎聖哉已跑得不見人影。反正他大概不是在訓練肌力，就是在做魔巨像，或者去鎮上偵查吧。隨他去了！

今天殺子也去帳篷找古雷歐一起玩了，姜德則在旅社櫃檯跟古雷斯丹愉快地聊著天。

——哎呀，姜德和古雷斯丹似乎處得不錯呢，看他們笑得挺開心的。

我躲起來偷看他們。

「關於那兩位聖哉大人，我已經先跟鎮上的人說他們是雙胞胎了。」

「那真是幫了大忙。畢竟同時看到那兩人的話，腦袋會錯亂吧。」

姜德說到這裡，往旅社外眺望了一會兒。他看著來往的行人，充滿感慨地說：

「這裡真是個好地方，以前塔瑪因也曾像這樣朝氣蓬勃呢。」

「咦？可是我聽說異國之地塔瑪因現在也很繁榮啊。不但有美麗的公主和拯救世界的勇者，還有賢明的王妃和優秀的將軍……」

「這、這樣啊！在你們的世界裡，大家都過得很好嗎！我也沒變成不死者，繼續陪伴在緹雅娜公主左右……」

這時有個美麗的女子從旅社後面走來，靠近沉浸在感動中的姜德。她手裡的托盤上放著茶具組。

「這是一點粗茶，請用。」

「啊啊！不好意思！」

就在姜德笑著要接過茶杯時，女子竟把茶狠狠地灑在姜德臉上！

「嗚喔喔喔喔！」

明明出了這麼大的差錯，女子的臉上卻不見任何反省之色！

「這、這女人是來幹嘛的啊，古雷斯丹！」

「不、不，這位女士不是我們旅社的人！」

這時女子全身發光！轉眼間變成身穿盔甲的謹慎聖哉！聖哉冷冷地對姜德說：

「別犯傻了，你這樣還稱得上是將軍嗎？要時時記得保持警戒。」

咦咦咦咦咦咦！他用變化之術變成女人監視姜德嗎？

在那之後，聖哉若無其事地快步離去。姜德望著他的背影……

「那傢伙才是冒牌貨吧！」

讓姜德那樣怒吼的心情，我是再明白不過了。

姜德被潑茶後，我去查看殺子和古雷歐的情況。聖哉是往反方向離開，看來他應該不至於連兩個小孩都要監視。即使如此，我還是左顧右盼地注意著聖哉是不是在附近……嗯！這次他一定不會再出現了！

今天古雷歐和殺子也在蜜蕾的看顧下，和樂融融地一起捏黏土。殺子的技術似乎提升了，桌上擺著他們做的盤子和壺，這應該是在讓陶器乾燥吧。

我問正在動手製陶的兩人：

「吶，你們現在在做什麼？」

「在做裝飾品，我的是『太陽』。」古雷歐說。

「我的是『月亮』。」殺子說。

「呵呵呵，他們說等一下要交換呢。」

蜜蕾這麼說完先是微微一笑，接著用有些落寞的眼神看向古雷歐。

「聽說覆蓋城鎮的沙塵暴明天就會止息了。古雷歐，要在那之前把形狀先定下來喔。」

「咦咦！殺子已經要離開了嗎！」

「是、是啊，畢竟我還在討伐魔王的旅程中。」

「唉～虧我們成為朋友了說。」

「對不起……」

蜜蕾接著把視線移向我。

「從燒製到完成需要一個月。女神大人，等你們的旅程結束後，能不能請各位再來本鎮一趟呢？」

「好，我知道了，一定會的。」

「那現在就開始燒吧。」

蜜蕾走向位於帳篷外的大灶，古雷歐也跟在蜜蕾身後。

「媽媽！為了殺子，要趕快燒喔！」

「好、好。」

殺子看著那幅景象，喃喃開口。

「莉絲妲小姐，如果世界沒被魔王征服，我是不是也會有這麼安穩的未來呢？」

「小殺……」

時間在感傷中流逝。不過，當蜜蕾用工具打開爐灶的蓋子時，我們立刻僵在原地。灶裡竟然出現了聖哉的頭！只見他全身著火，從灶裡慢慢地爬了出來！

「呀啊啊啊啊啊啊啊啊啊啊啊啊啊啊！」

「嗚哇啊啊啊啊啊！有怪物啊啊啊啊啊啊！」

蜜蕾和古雷歐發出慘叫，殺子和我則啞口無言。即使烈焰纏身，聖哉依舊保持一張撲克臉。我好不容易才開口。

「聖、聖、聖哉！你不覺得熱嗎？」
「我有用火焰魔法保護身體，所以只覺得有點熱。」
「！那還是熱啊！」
燃燒中的聖哉走近殺子。
「殺子，我們有我們自己的世界，別貪求原本沒有的東西。」
「知、知道了。抱歉……」
這時我已經忍無可忍，不禁向聖哉吼道：
「聖哉！拜託你不要一直監視夥伴好嗎！」
「那是因為你們放輕了戒心，別忘了這個城鎮是在死皇的統治之下。」
「那、那也用不著這樣啊！」
「明天沙塵暴就會止息，如果沒什麼事，我們就要先離開這裡了，快去做準備。」
他說完想說的話後，就一如往常地走掉了。
——總、總覺得我、姜德和小殺的好心情全被他破壞光了……！
古雷歐一臉錯愕地喃喃自語。
「我果然還是討厭那個聖哉大人……！他有種很接近罪犯的感覺……！」
在古雷歐的話讓我打心底點頭贊同時，蜜蕾在檢查剛才跑出了聖哉的灶。我代替聖哉向蜜蕾致歉。

「真對不起，我們家的罪犯……不，聖哉他——」

「啊，沒關係、沒關係，反正灶看起來也沒壞。」

我對聖哉的舉動退避三舍，蜜蕾卻露出溫柔的笑容。

「打個比方，有人會在每天的日常生活中使用喜愛的陶器，也有人會小心翼翼地擺進櫃子以免弄壞。」

「……啥？」

「在面對喜愛的事物時，有人是坦率地表達愛意，也有人是默默地在遠方守著——看到你們的聖哉大人後，我突然有這樣的想法。」

「呃，蜜蕾小姐，聖哉才沒妳說的那麼好啦。他會監視我們，也只是怕我們惹麻煩而已。」

即使我這麼說，蜜蕾依舊掛著平靜的微笑。

來到了預定要出發的那一天早上。

當我還在睡眼惺忪時……

「好痛啊啊啊啊啊啊啊啊啊啊啊！」

突然感到右腳一陣劇痛，馬上從床上跳起來！仔細一看，原來是土蛇用力咬住了我的腳！

「這、這是在幹嘛！」

我一喊，蛇就大大地張開嘴，從口中發出聖哉的聲音。

「早上了，快起床，莉絲妲。」

看來這似乎是土蛇電話，不過……

「哪有這種Morning Call啊！」

「別管這個了，趕快準備。我在鎮外發現了敵人的蹤影。」

「敵、敵人？咦？喂喂？喂——？……那個傢伙！」

我只好馬上換好衣服，衝出房門。

第五十三章　謹慎勇者

我怒氣沖沖地走出洞穴屋要找聖哉抱怨，卻瞬間嚇到了。地上密密麻麻地擺了幾十個木桶，桶裡映出伏爾瓦納內外的景象。

在與土蛇監視器連動的桶子周圍，有聖哉、殺子和姜德，以及……

「喂喂，到底是怎麼了？」

「大清早的就把人吵醒……」

在魔巨像的引導下，伏爾瓦納的人民陸陸續續地往這裡集合。

「聖哉！這是在幹嘛？」

「我有說過吧，鎮外出現了敵人。為了把傷害減到最低，我要把鎮民集中在一起。」

「原、原來如此……不過你所謂的敵人是？」

聖哉一語不發地指向桶子，桶裡映出褐色巨龍在跟數個魔巨像戰鬥的場面。

「竟、竟然是龍！是龍要攻進來嗎？」

「這是伏爾瓦納西北方的畫面。」

看著聖哉一個接一個指向的桶子，我膽戰心驚。

獨眼巨人、合成獸！還有其他奇形怪狀的怪物，全在伏爾瓦納周邊跟聖哉的魔巨像戰鬥！

往桶裡窺伺的鎮民大叫。

「快、快看那個！那是蠍子王啊！」

別的桶子裡映出身軀為金黃色的巨大蠍子。

「怎麼可能……有那種事！」

我聽到某個熟悉的聲音，回過頭去，看到衝動聖哉在我背後臉色大變。

「蠍子王是我打倒的！而且獨眼巨人、龍、合成獸……也都是我的小隊在一年前打倒的敵人啊！」

咦咦！難道這是屍體復活之後再度來襲嗎！

鎮民目睹桶內的畫面，無不憂心忡忡地望向衝動聖哉。

「聖、聖哉大人！我們這個鎮要不要緊啊？」

衝動聖哉一聽，拔劍出鞘。

「我會去打倒牠們，伏爾瓦納的人民由我來守護。」

「喔喔！」人們發出歡呼。

這、這個聖哉果然很有勇者的風範呢！不過……

「你根本幫不上忙，別出去。」

謹慎聖哉卻一口回絕。

「……你說什麼？」

衝動聖哉皺起眉頭，謹慎聖哉卻沒有要道歉的意思。

「配置在鎮外的魔巨像正在跟所有敵人交戰，土蛇也同時在對鎮內進行監控，這裡沒有你出場的餘地。」

謹慎聖哉一臉不耐煩地說完後，轉身面向我們。姜德表情凝重地說：

「話說回來，這場敵襲來得還真是突然。」

「嗯，或許是死皇改變計畫了。」

「計畫？什麼計畫？」

「……等一下。」

原本在跟姜德交談的謹慎聖哉瞪大眼睛，我順著他的視線看去，不禁大吃一驚。衝動聖哉竟然要離開這裡！謹慎聖哉「嘖」了一聲後追向衝動聖哉，抓住他的肩膀用力一拉。

「喂，你要做什麼？」

「我要去鎮外打倒敵人。」

「你是笨蛋嗎？我不是說沒有你出場的餘地嗎？」

「這個鎮遭到襲擊了！我怎麼能坐視不管！」

「我說過你派不上用場了，你比殺子和姜德還弱。」

即使謹慎聖哉說得如此斬釘截鐵，衝動聖哉仍一臉游刃有餘地說：

「總會有辦法的（Gonna be OK）。」

剎那間，我看到謹慎聖哉的鼻子微微抽動。

慘、慘了！他鐵定是生氣了！

我感覺到危險的氣氛，連忙介入兩人之間，試著說服衝動聖哉。

「沒、沒問題的！這裡就交給魔巨像吧！而且就算情況危急，還能用土魔法在鎮外築起圍牆！對吧，聖哉？」

謹慎聖哉點點頭，但衝動聖哉依然不肯罷休，他眉頭緊皺，瞪著謹慎聖哉。

「我要去。我可是勇者，而且還是打倒魔王的男人。」

「那也只是弱小世界的弱小魔王吧。以你的等級，連現在突襲我們的魔物都打不贏，要我說幾次你才懂？」

「不，正義之心會讓我變得強大。」

「懶得跟你辯。你的正義是假的。」

聽到這句話，這次換衝動聖哉的鼻子抽動。

「給我收回這句話！什麼話該講，什麼話不該講，你難道不知道嗎！」

「我只是實話實說而已。」

兩個聖哉彼此互瞪！看到場面一觸即發，我不禁慌了手腳，這時殺子大喊：

「你、你們兩位冷靜一點！先別管那些了，快看桶子的影像！」

照殺子所言看向桶子後，我大吃一驚。桶子裡映出成大字型倒地的獨眼巨人以及傷痕累累的龍和合成獸！

「咦咦！這麼快就解決了？」

看來在聖哉們爭辯時，聖哉的魔巨像已經把敵人全打倒了。我鬆了一口氣，謹慎聖哉卻神情嚴峻。

「還不能掉以輕心，事情恐怕還沒結束。不，應該說是現在才開始。」

他說完後用銳利的眼神看向桶子。過了不久，倒地的獨眼巨人們身上冒出陣陣黑煙，飄上天際。

我猛地將視線從桶子上移開，往四周張望。黑煙從四面八方匯集到伏爾瓦納上空，漸漸形成漆黑的雲！

「吾名死皇席爾修特……為死亡與破壞的掌管者……」

突然有聲音在鎮上轟然響起！那猶如來自地獄深處的詭異聲音，用彷彿知道我們正在聽著的口吻說：

「勇者啊，首先我必須說你表現得很好。只要靈魂認同這個由邪神的祕儀產生的虛構世界，你們就會遭到吞噬，消失無蹤……」

一、一旦靈魂認同的話，就會遭到吞噬而消失……真的假的！

在伏爾瓦納度過這段時光，讓我差點覺得「這世界好像比原來的世界更幸福」。不只是我，姜德和殺子也一定有過同樣的念頭。沒想到……那正是邪神的目的！當時要不是謹慎聖哉出手妨礙，我們說不定早就消失了！

姜德一臉驚愕地問謹慎聖哉。

「難道你知道這件事嗎！」

「當然。我也有考慮到這種可能性。」

依照往例，這大概又是聖哉的幾十個……甚至幾百個可能性的其中之一吧……反正不管怎樣，邪神的陰謀最終失敗了。

「這個世界已經沒必要存在了……」

死皇不祥的話語讓我心頭一驚。

「死皇那傢伙該不會是想消滅這個鎮的鎮民吧！聖哉，該怎麼辦才好？」

「為了保險起見，我讓特殊土蛇潛伏在伏爾瓦納全體鎮民的身上，只要土蛇一咬，就能一口氣把鎮民全部變成靈體。我應用了幽神奈菲泰特傳授的技能。」

「對喔！就算肉體消滅，只要靈體留著就有希望！」

「嗯，雖然這是不得已的下下策，也只能先讓靈體暫時附在土蛇或魔巨像上了。」

古雷歐在殺子身旁露出擔心的表情。

「吶、吶，殺子，我們這樣沒問題嗎？」

「沒問題的！聖哉先生他總是未雨綢繆，準備萬全！」

殺子用充滿活力的聲音說。聖哉接著彈了下手指，喃喃開口。

「……蛇咬靈化。」

大概是土蛇咬下去了吧。只見伏爾瓦納的民眾一個接一個倒地，靈魂從肉體浮出。

竟然準備到這種程度，真不愧是聖哉！這樣大家就能得救了……咦……？

我不禁懷疑起自己的眼睛！倒在眼前的伏爾瓦納民眾的肉體，竟然連靈體一起化為沙子逐漸消失！

「……行不通嗎？」

謹慎聖哉喃喃自語。

「行、行不通是什麼意思？」

聖哉陷入沉默，死皇的聲音響起。

「你們做什麼都是白費工夫。虛構的人原本就不存在於世上，根本無處可逃。一旦作為主體的邪神之力解除，衍生而出的事物自然也會跟著消失。」

伏爾瓦納鎮民在我的周圍一個個化為沙子！我焦急地猛搖謹慎聖哉的肩膀！

「聖哉！下一個方法呢？」

但聖哉卻不發一語地解除了蛇咬靈化，伏爾瓦納鎮民的靈魂全都返回原本的肉體。

「……沒辦法，我無能為力。」

「咦咦！聖、聖哉！」

我根據以往的經驗，期待聖哉會設法突破僵局，可是聖哉毫無動靜，只剩死皇的聲音在鎮上迴盪。

「你是不可能找到方法拯救虛構世界的居民的。好啦，接下來有好戲可看了。當虛構的世界消失時，真實世界的記憶……將會伴隨著絕望一起流入腦中。」

古雷斯丹和蜜蕾眼睜睜看著自己的身體逐漸變成沙子，茫然低語。

「我想起來了……我……我們其實……」

「沒錯……我們在一年前……就被魔王軍殺了。」

「啊……古雷歐……我的古雷歐……」

古雷斯丹和蜜蕾想靠近古雷歐，但他們的身體卻化為沙塵飛散一地。

「古雷斯丹！蜜蕾！」

姜德大喊。殺子也接著尖叫起來。

「聖哉先生，古雷歐他——！」

古雷歐的腳緩緩化為沙子。

——難、難道就沒有辦法……能救救他們嗎！

但聖哉依然動也不動，我也只能呆站原地。古雷歐看著殺子，喃喃地說：

「我……已經死了呢……」

原本不停掉淚的古雷歐，突然像個男孩般淘氣一笑。

「吶，殺子！你們一定要打倒魔王喔！只要魔王還在，這世上就會充滿像我們這樣的人啊！」

「古雷歐……！」

「殺子，我真的很高興……能和妳成為朋友。」

殺子將手伸向古雷歐，但她的手還來不及碰到古雷歐，那微笑的臉龐就已經化為沙塵消失無蹤。

「嗚嗚……這實在……這實在太過分了……！」

殺子沮喪地垂下頭，死皇的聲音再次響徹伏爾瓦納。

「回歸沙中吧，根本不存在的人們。」

伏爾瓦納鎮不光是居民，連建築物也逐漸化為沙土。即使如此，衝動聖哉仍拚命咬緊牙關，抵抗命運。

「聖哉！」

我衝向衝動聖哉，聖哉渾身顫抖。

「啊啊……沒錯，全都是虛構的。我沒有去賢者之村，我……連我所愛的人……以及她腹中的孩子都保護不了……」

衝動聖哉擠出最後一絲力氣走向謹慎聖哉，但他的腳在途中化為沙土，在謹慎聖哉的眼前崩落。

「你說得對……我的正義的確是虛假的。」

我發現衝動聖哉的雙眼淚水滿溢，這是我第一次看到聖哉哭泣的樣子。

「如果能考慮得更深入就好了……如果能不厭其煩地再三準備就好了……」

「聖哉……！」

衝動聖哉的懊悔深切地傳達給我，讓感同身受的我心痛如絞，眼淚奪眶而出。

「緹雅娜，原諒我……」

他仰望天空，說出了這句話。我頓時坐立難安，將快要消逝的衝動聖哉緊緊抱住。

「沒關係！我不要緊的！」

衝動聖哉不可能知道我是轉生後的緹雅娜公主，但是……

「謝謝妳，女神大人……」

他還是虛弱地如此低語。謹慎聖哉低頭看著衝動聖哉。

「好慘。你啊，真是個笨蛋。」

「抱歉……」

「不過，就因為你很愚蠢，我現在才會在這裡。」

「拜託你，一定要把死皇……把魔王打倒……」

「還用你說。」

衝動聖哉的臉上似乎透出了一絲笑意。

「交給你了……謹慎勇者。」

衝動聖哉轉眼間全身化為沙土，在聖哉腳下飛散。雖然那景象殘酷到令人不忍目睹——我卻覺得兩個聖哉在此時互相融合，化為了一體。

「全、全都變成沙子了……！」

姜德一臉愕然，喃喃自語。等回過神時，我們已經孤零零地站在廢墟中，四周放眼所及盡是沙漠，只剩人骨散落其中。

原本覆蓋全鎮的黑雲在不知不覺間聚集到上空，形成了巨大的骷髏頭。

「即使再次得到虛構的生命，命運依舊不會改變。他們嚐到了第二次死亡，用更深的絕望覆蓋絕望，這能讓我的力量變得更為強大。」

在死皇充滿愉悅的聲音下……

「古雷歐、古雷歐……！」

殺子將曾是古雷歐的沙子摟進懷裡，哭個不停。

「你這個邪魔外道！」

姜德憤怒地握緊拳頭，而我當然也憤慨到了極點。伏爾瓦納的居民竟然被魔王親手殺死兩次，不知道他們在化為沙子的那一刻，心中是多痛苦、多害怕。

——死皇席爾修特！我絕對饒不了你！

這時身旁突然傳來前進一步的腳步聲。當我看到拿起劍的聖哉的側臉時，背脊一陣發涼。

……明明發生了那樣的慘事，他卻彷彿把憤怒和悲傷都忘在了別處一般，表現得異常平靜，完全想像不出他曾那麼衝動過。那是一個將戰鬥時不需要的情感徹底排除，把全副精神貫注在如何打倒敵人上，可說是勇者的最終型態的人。

「剛才你說命運不會改變吧？」

聖哉看向空中的骷髏頭。

「那你被我打倒的命運也不會改變。」

第五十四章　填充

聖哉身上散發出紅黑色的混沌靈氣，頭髮也染成紅色，口中長出獠牙。變成狂戰士的聖哉將劍高舉，指向飄浮在空中的骷髏狀霧靄。刀身上覆蓋著一層白膜，看來他已經發動幽滅靈劍了。

他用投擲長槍般的動作朝死皇射出劍。在狂戰士之力的推動下，聖哉的劍以驚人高速直線飛行，貫穿我們上方高空的骷髏頭——至少看起來是這樣。但骷髏頭在被劍刺中的瞬間煙消雲散，接著又馬上恢復原狀。

沒、沒有效嗎！

「……沒想到你竟然能傷及身為靈體的我。」

死皇席爾修特的聲音響起，語氣中帶著佩服。再仔細一看，骷髏頭其實沒有完全復原，頭的一部分出現了些微缺損。

幽滅靈劍對席爾修特造成傷害了！可、可是那一擊依然無法造成致命傷……咦……？

聖哉往地面單腳一蹬，大量劍鞘隨著清脆的金屬聲冒出地面，數量起碼有二十把以上，我看了大吃一驚。

「聖哉……這些劍該不會全都……！」

「嗯，所有劍都被我賦予靈力，變成幽滅靈劍了。」

聖哉以雙手拿起劍，再將劍舉起丟向席爾修特，等丟完後又繼續丟新的雙劍。面對聖哉的連續攻擊，席爾修特只能不斷飛散了之後又凝聚。過了不久，有聲音從天上傳來，迴盪四周。

「你竟然準備了這種武器。邪神說的沒錯，你還真是個做事滴水不漏的傢伙，再這樣下去我都要成為箭靶了。」

散布在空中的黑霧集中於一點，捲起漆黑的漩渦，有東西從漩渦中心爬了出來。首先登場的是被染血的布覆蓋的手臂，不久後出現了同樣被布完全包覆住的身軀。從空中漩渦出現的，是個像木乃伊男的怪物。

——席爾修特改變了型態！他是受不了聖哉的攻擊，選擇從靈體變成實體嗎？

「他要降落到地面了！」

姜德大叫。實體化的死皇散發出黑色靈氣，從空中緩緩降落到我們所在的位置。

我往聖哉偷瞄一眼，他正在用銳利的眼神看著席爾修特，似乎在透視他的能力。我也學他發動能力透視，但無論再怎麼定睛細看，都只看到像沙塵暴般充滿雜訊的影像。之前我們在伊克斯佛利亞遇到的魔物，幾乎都不會隱藏能力值，但死皇席爾修特卻像聖哉一樣發動了偽裝技能。

以幽滅靈劍發動的攻擊確實把席爾修特逼到走投無路了！但看不到能力值還是令人發毛！

我覺得他跟之前的敵人似乎有哪裡不同，或許聖哉也跟我有一樣的感覺，所以才只是默默看著席爾修特降落地面吧……原本我是這麼想的，然而就在席爾修特踩到地面的瞬間，一陣爆炸熱風隨著震耳的轟隆聲猛然颳起，搖撼我的身體！

「……移動式土蛇地雷（Crawling Mine）。」

在一頭霧水、茫然佇立的我背後，聖哉喃喃地這麼說。

「剛、剛才的爆炸是你引起的嗎？」

「那是『一碰就爆炸的土蛇』，跟之前一樣是結合破壞術式、火焰魔法和土魔法所創造出來的。」

是在地下的土蛇碰到了席爾修特的腳！原來聖哉利用在這個鎮滯留的時間，為死皇戰預先設下了陷阱！話說回來，他竟然能精準地掌握到席爾修特降落的地點，預測能力真是了得！

「你們退下，別隨便亂動。移動式土蛇地雷是靠觸碰引爆，而且這附近埋了一大堆，要是不慎誤踩，連我們也照炸不誤。」

「有夠危險！」

呃，原來如此！這不是預測能力！這個勇者只是事先想好各種可能性，再亂槍打鳥以量取勝而已！

「小、小殺！這裡很危險！我們快到那邊去！……小殺？」

「咦……啊……好、好的！」

我抱著因古雷歐消失而無精打采的殺子，帶她遠離我覺得危險的位置。姜德在附近瞇起雙眼，眺望前方。

「剛才的爆炸究竟會給死皇帶來多大的損傷呢？」

……黑煙散去，本來還期待能看到席爾修特當場倒地，但木乃伊男卻站得直挺挺的，看起來一點事也沒有。姜德和我氣得咬牙切齒，席爾修特則開口。

「你該不會以為能用這種小手段幹掉我吧？」

「我當然不會這麼想。」

當我們還在為死皇看似毫髮無傷一事大感失望時，聖哉已經拿著殺手劍衝向席爾修特了。看到那砍向死皇的劍身，我不禁瞪大了雙眼。

劍、劍上纏著火焰……聖哉變成火魔法戰士了！跟土屬性魔法戰士相比，用火焰對付木乃伊男這種不死系確實更有效！

「……鳳凰炎舞斬。」

聖哉在席爾修特的眼前使出據說在狂戰士狀態下不可能辦到的『並用特技』。聖哉揮舞著被烈焰包圍的魔法劍，在空中畫出類似魔法陣的幾何圖形。回過神時，在席爾修特纏滿繃帶的身體上，已經刻入一層又一層的紅色格子，僵屍般的腐肉在繃帶的裂縫間若隱若現。我擺好架式，準備防禦鳳凰炎舞斬後的爆炸，但死皇露出的肌膚隨即被繃帶蓋住，刻在身上的紅格子也跟著消失。

——是不死者的自動修復嗎！

席爾修特身上冒出更多黑色靈氣，目睹這一幕的瞬間，我忍不住朝聖哉大喊。

「聖哉！小心！我感覺到連鎖魂破壞了！」

席爾修特的混濁雙眼透過纏繞顏面的繃帶縫隙炯然一瞪。

「一旦碰到，你的靈魂也會受到箝制——『死包縛布（Deadly Bandage）』。」

席爾修特從手臂上割下好幾條繃帶，射向聖哉！像蛇般蠢動的繃帶逼近聖哉，卻在碰到聖哉的身體前就全部燒焦！聖哉全身被火焰包圍，燒得又紅又旺！

「人體自燃防禦（Self-Burning）。順道一提，這是我之前躲在灶裡時想到的技能。」

是、是這樣嗎！我還以為他只是在當跟蹤狂，沒想到竟想出了這種招式！

「這樣就能在抵擋死皇攻擊的同時，用超越其再生速度的火力和攻擊力，將一切燒個精光了。」

他邊說邊用雙手架起剛才土蛇拿來的雙劍。

「接招吧。雙刀流鳳凰炎舞斬（Mode Double Phoenix Drive）。」

他以狂戰士的極限高速逼近席爾修特！火焰雙劍以肉眼追不上的速度留下軌跡，在空中形成數個幾何圖形！同時，那些看似細網的紅格子也刻入了席爾修特的身體！

我以為這次就能搞定席爾修特，但他並沒有爆炸。不久後，他身上的紅格子褪色消失。

「唔！死皇的再生能力超越了勇者的攻擊力！」

姜德悶哼一聲。這次換死皇拿身上的死包縛布丟向聖哉，但在擊中聖哉前就被燒得精光。

聖哉的攻擊被再生抵銷，死皇的攻擊也打不到聖哉。當戰況眼看要陷入膠著時，席爾修特突然開口。

「你的攻擊力是很驚人……不過你要知道，在壓倒性的黑暗前，那也是無能為力。」

席爾修特像畫圓般轉動雙手，在這個空間裡製造出黑色漩渦。

「魔、魔法？」

黑色漩渦擴張到和我叫出的門差不多的大小。聖哉也看似有所警戒，和席爾修特拉開足夠的距離。接著，席爾修特開口。

「自從魔王陛下得到邪神的加護後，在陛下創造的魔物體內都包含著大量陛下的力量。葛蘭多雷翁會打算叛變，是因為他不懂這世界運作的法則。魔王陛下就是我們的生命。」

我不懂席爾修特這番話有何意義，唯獨一股不祥的預感在心中加速膨脹。席爾修特將手放在黑色漩渦上。

「甦醒吧，在伊克斯佛利亞凋零腐朽的殘骸啊……遺骸圓環之夜。」

Cemetery Night Again

像剛才席爾修特登場時一樣，有魔物從黑色漩渦裡爬出來，而且我對那魔物有印象。

「獸、獸人！」

那是長著狗臉的獸人。一位獸人出來後，又接著出現貓獸人，甚至還爬出頭部像狐狸和犀牛的獸人。

這群魔物長得十分酷似占領拉多拉爾大陸的獸人們，但臉上毫無生氣。再仔細一看，它們身上處處露出白骨。姜德皺起眉頭。

「那些傢伙……是不死者！」

那幾個突然現身的不死者獸人雖然讓我一時慌了手腳……

「……爆殺紅蓮獄。」

但聖哉已經朝獸人伸出手，放出的烈焰將獸人團團包圍。困在熊熊火焰中的獸人試圖靠近聖哉，卻仍不敵壓倒性的火力，化為焦炭。目睹這情景後，我鬆了一口氣，朝席爾修特大喊。

「哼！就算你讓獸人復活成不死者，弱小的它們也不是聖哉的對手！」

「剛剛的不過是結束的開始而已……」

「幹、幹嘛講那種話裝酷啊！」

「如果是由我死皇賦予力量，只要魔王陛下還活著，即使是腐朽的肉體也能復活。哪怕只殘留小指指尖大小的肉片，也能以此為媒介再度甦醒。從現在開始，所有勇者來到伊克斯佛利亞後打倒的怪物都會復活。」

「你、你說什麼！」

騙人的吧！聖哉這次來到伊克斯佛利亞後打倒的怪物……包括獸人、殺人機器，以及其他林林總總加起來，應該有好幾千，不，好幾萬個了吧！

「不光是部下，就連獸皇葛蘭多雷翁、機皇歐克賽利歐、怨皇瑟蕾莫妮可都會復活。除了不死者的再生能力外，速度以外的所有能力值也會大幅提升……明白了吧？」

「你、你、你的意思是——！聖、聖哉！」

「真不敢相信……」

聖哉難得睜大雙眼，一臉驚訝！不過這也難怪！除了數千個不死者大軍外，連葛蘭多雷翁、歐克賽利歐、瑟蕾莫妮可也會一起復活！這、這簡直糟到無法形容了！

「聖哉！在不死者被叫出來前，得趕快想辦法打倒席爾修特——」

但話才說到一半，我就發現一切都太遲了。席爾修特的周圍已經出現比之前多上了數倍的黑色漩渦。

「地獄之門即將全部開啟，給我看著吧，這就是我最大的祕儀『遺骸圓環之夜』。」

「慘、慘了！這下慘了！」

姜德擋在殺子前方，拔出劍來。席爾修特的聲音響起。

「出來吧……死後仍無法安息的不死軍團啊……」

我看著黑色漩渦，呼吸凌亂。等一下就會有無數怪物及幹部們要出來了……！

「來吧……復活吧……」

然而，無論我們怎麼等，還是不見任何怪物爬出漩渦。

「……怎麼可能……到底是為什麼……？」

就在席爾修特嘀咕的同時……

「喔喔，原來是這樣啊。」

聖哉恍然大悟，拍了一下手。

「『小指指尖大小的肉片』——我本來不敢相信自己竟會留下『這麼大的屍塊』……不過一開始出來的那些獸人是我在衝動時期打倒的，我當時沒有做好善後處理。」

「你說善後處理？怎麼可能？你的意思是，來到伊克斯佛利亞後打倒的所有敵人的屍體，你都粉碎到一點也不留嗎？」

「嗯，就是這樣。」

席爾修特頓時啞口無言。這、這真是……幹得好啊啊啊啊啊啊啊啊！老實說，以前每次打倒敵人後，看到聖哉像被什麼附身一般，不是把屍體燒個精光就是扔進地底時，我都會感到傻眼，忍不住想「這個人的腦袋是怎麼長的」……沒想到那些終於發揮作用了！

「你那招叫遺骸圓環之夜吧，那種招數對我沒用的。」

席爾修特悶哼一聲，明顯露出驚慌的模樣。

「你這傢伙……！」

席爾修特對聖哉射出死包縛布。雖然繃帶在碰到聖哉前就燃燒消失，但這次席爾修特同時逼近聖哉，並舉起纏滿繃帶的手對準他！

「聖哉！」

不過聖哉用劍打掉了席爾修特的手……

「鳳凰貫通擊。」

再用熊熊燃燒的劍貫穿席爾修特的腹部。之後，他朝刺穿的劍的劍柄一踢，把席爾修特踹倒在地，又隨即用手對準席爾修特，發出上位火焰魔法爆殺紅蓮獄。雖然席爾修特在接二連三的火焰攻擊下烈焰焚身……

「……『永續腐肉（Ferment After-Rotten）』。」

但火焰消失後，起身的席爾修特卻不見任何變化，連燒掉的繃帶也補上了新的。

「能封印遺骸圓環之夜的確值得讚賞，但不管你怎麼攻擊，都無法超越我的再生速度。」

席爾修特再次展開攻擊。原本一直閃避死包縛布，並以劍當盾防禦席爾修特毆打的聖哉，這次卻突然讓覆蓋全身的火勢減緩

——咦？聖哉的火力變弱了？

我發現聖哉正在用劍勉強砍掉繃帶。由於狂戰士化仍持續著，所以他還能迴避，但感覺

他光是要擋住席爾修特的攻擊就已經很吃力了。

怎麼突然轉為一味防守呢！難道他是累了嗎？嗚嗚，萬一被那些繃帶擊中，聖哉的靈魂就會——

但聖哉不顧我的擔憂，持續承受著席爾修特的攻擊並喃喃開口。

「……填充40％。」

咦？什麼？他剛才說了什麼？

「難、難不成……那傢伙打算使出那一招嗎？」

「那一招？姜德，你說的難道是……！」

「……填充60％。」

聽到聖哉的聲音，讓我更加篤定。

對！沒錯！那是衝動聖哉教他的招式！現在聖哉正貫徹防禦，以吸收和蓄積死皇的力量！

姜德看著戰鬥說：

「就算妳問我理由，我也說不出個所以然來，不過我身為戰士的直覺十分篤定，如果真有什麼能超越死皇的再生能力，應該非那一擊莫屬了！」

我也默默點頭認同姜德的話。做出平行世界引誘我們進入，那原本應該是邪神和死皇設下的陷阱，而邪神萬萬沒有料到衝動聖哉竟然會傳授招式給謹慎聖哉。

我不禁感到造化弄人。現在謹慎聖哉正試圖用衝動聖哉的招式打倒強敵。我握緊拳頭，注視著貫徹防禦的聖哉。

——死皇席爾修特！你馬上就會知道了！結合過去和現在……兩個聖哉的招式將會凌駕你的再生速度！

這時聖哉終於開口了。

「……填充100％。」

好耶！上啊啊啊啊啊啊啊！

我情緒亢奮起來，但聖哉仍舊維持守勢。

「……填充120％。」

咦咦！都超過100％了還要累積嗎！真、真不愧是謹慎的聖哉！

然後……

「……填充150％。」

好啦，累積到這種程度也夠了吧！給我接招吧！連同衝動聖哉的份使出全力一擊……

咦……

聖哉還是一味防守。姜德不禁跳腳。

「喂！那傢伙到底什麼時候才要用啊！」

「一、一定是200％！湊整數200％剛好！」

聖哉繼續承受死皇的攻擊，直到那一刻的到來。

「……填充200％。」

這一次……這一次一定行！替所有伏爾瓦納的人民洗雪遺恨的時刻終於到了……！

「「上啊啊啊啊啊啊啊啊啊啊啊！」」

我和姜德一起大喊，可是……

「……填充210％。」

「！呃，他到底要累積多少才滿意啊！已經夠了吧！」

「累積過頭了啦！差不多該用了吧！」

我們兩個終於按捺不住，鼓譟起來，聖哉卻依舊不予理會……

「……填充230％。」

只是任憑他的填充率不斷地往上竄升。

第五十五章　靈力暴衝

死包縛布分成許多條朝聖哉襲來，聖哉以狂戰士化的超高速閃避，再用火魔法劍當盾牌，邊燃燒繃帶邊貫徹防禦。如果這些內含連鎖魂破壞的攻擊打到聖哉，後果將不堪設想。

然而……

「……填充240％。」

聖哉卻一直不停填充蓄力技。

「勇者！可以了吧！」

「是啊！已經很夠了啦！」

「……填充260％。」

難、難道他打算蓄積到500％甚至1000％嗎！饒了我吧！

我和姜德原本還不耐煩地想著「趕快用啦！」，但隨著時間一久，我們的心情從焦躁轉變為祈求。

「拜、拜託你，勇者！快使出那一招吧！」

「算我求你啦，聖哉！」

「……填充２８０％。」

他完全不放招式，席爾修特或許也對這種僵局感到煩躁，只見他退後了一步，讓大量的死包縛布如蛇一般從全身往外擴散！

「聖、聖哉！」

面對來自四面八方的猛攻，聖哉勉強用殺手劍擋掉，並燒光了。雖然暫時鬆了口氣……但從剛才開始就一味防守的景象，還是看得我提心吊膽。不過剛才席爾修特的這波攻勢，讓蓄力技的填充率大幅躍升。

「……填充３２０％。」

「終、終於超過３００％了！」

「喔喔！這次一定可以！」

我和姜德握緊拳頭，朝聖哉呼喊。

「「拜託快點用啊啊啊啊啊啊啊啊啊啊啊啊！」」

聖哉似乎聽到了我和姜德的祈求，終於開了口。

「那我要上了……吸收動力解放。」

太好了！這下期待已久的蓄力技要發威了！

聖哉身上發出光輝！同時產生的衝擊波搖撼我的身體！原本在聖哉附近發動攻擊的席爾修特立刻被彈飛到數公尺遠！只見他一邊後退，一邊用混濁的黃色眼珠瞪著聖哉。

「我不知道你打算做什麼，但要超越永續腐肉的再生速度是不可能的。」

席爾修特表現得老神在在，但我和姜德非常篤定，這個經過再三蓄積後的招式一定能突破死皇的防禦！

「快看！勇者那耀眼的靈氣！光看就知道充滿驚人的力量！」

「是啊！沒錯！」

我帶著笑容，同意姜德的話而點頭，並滿心期待地等著聖哉放出必殺技。

不料，到了下一秒，我卻懷疑起自己的耳朵，因為聖哉喃喃地說了這句話。

「停止（Hold On）。」

突然間，覆蓋他全身的耀眼靈氣消失無蹤。

「……啥？」

在沉默片刻後……

「啥啊啊啊啊啊啊啊啊啊啊啊啊啊啊啊啊啊啊啊！」

我和姜德大叫。

「『停止』？你說『停止』是什麼意思！」

「也、也就是說……你光蓄力卻不使用嗎！」

「騙人的吧！為什麼！怎麼會有這種事！」

「真是莫名其妙！那傢伙……那傢伙到底在想什麼啊啊啊啊啊啊啊啊！」

這個行動徹底顛覆一般人的認知，讓我們不禁尖叫起來。不過，聖哉無視鼓譟的我們，拿起從地底爬出的土蛇送上的兩把劍，用力呼出一口氣。

「狀態狂戰士（State Berserk）・第二・七階段&……雙刀流・真・連擊劍・鳳凰炎舞斬（Mode Double Eternal Sword EX Phoenix Drive）。」

狂戰士的靈氣和火焰魔法交織成的熱風，從聖哉的身體一口氣擴散開來，把我和姜德的注意力拉回戰鬥上！

「唔！這、這次是火焰的靈氣？還有……那個名字長到不行的招式又是什麼！」

「那、那些是聖哉的拿手絕技，每一招都威力驚人！他把那些招式跟狂戰士化合併在一起了！」

聖哉用鷹般的雙眸瞪向席爾修特。

「我要上了……最大火力……！」

他話語方落，鮮紅軌跡就無聲地衝向席爾修特！我連揮劍的動作都沒有看清，就有數個紅色的幾何圖形出現在席爾修特眼前！圖形迸裂消失的同時割裂席爾修特的身體，用烈焰將他包圍！著火的席爾修特在身上形成新的繃帶，試圖讓傷口再生，但聖哉重新畫出的幾何圖形卻先一步炸開！

「怎麼可能……」

席爾修特發出痛苦的呻吟。總數超過十個的幾何圖形出現在空中，將席爾修特團團包圍後又同時消失。在爆炸的衝擊波和熱風中，覆蓋席爾修特體表的繃帶全數燒焦，露出死皇的炯炯雙眼和不死者的腐朽身軀。

「再生速度竟然趕不上……！這竟是……人類的招式嗎……！」

面對這足以燒盡體表腐肉的壓倒性火力，死皇發出呻吟。

「好……好厲害……」

姜德忍不住讚嘆。聖哉用雙劍朝死皇射出大上一圈的幾何圖形。在震耳欲聾的劇烈爆炸後，只剩席爾修特失去手腳的焦黑軀體飄浮在半空中。

聖哉朝席爾修特的殘骸使出爆殺紅蓮獄，以此作為致命一擊。飄浮的殘骸在爆炸中消失了。

——贏、贏、贏了嗎……！這大招的火力實在誇張！但、但既然這樣……當初拚命填充另一招又是要幹嘛！

不過聖哉還在用銳利的眼神看著空無一物的空間。我原以為席爾修特已經在壓倒性的火力下被消滅，但是……我錯了，那裡其實還飄浮著一樣東西。

那是約拳頭大小的球體。明明承受了那麼強大的火力，球體卻彷彿受了某種力量保護，散發出不祥的靈氣。

「！是咒縛之球！」

就在我吶喊的下一秒，球體瞬間改變形狀！只見球體變成蠢動的骷髏頭，張開小小的嘴巴！

「嘰咯咯咯咯咯咯！遺骸圓環之夜————！」

骷髏頭發出嘲諷般的高亢聲音並裂開，從中噴出毒艷的霧靄！霧靄隨即化為人形！姜德瞪大雙眼！

「難、難道死皇要復活了嗎！」

——他、他把自己的一部分事先藏在了某處嗎！是設定好了在萬一被打倒時，能利用咒縛之球的力量復活嗎！

……看到霧靄形成的怪物後，我和姜德都倒抽了一口氣。頭上長角的漆黑骷髏散發出不祥的鬥氣，裸露的頭骨緩緩開口。

「死皇會在死後復活……這就是我的最終型態……靈體與腐肉的融合體……半靈體半物質的不敗之身……」

席爾修特的身體像添了雜訊般模糊不清。

半、半靈體半物質？不敗之身？那、那是什麼啊！該不會用物理攻擊和靈體攻擊都無效吧！

沒想到席爾修特竟然有第二型態，我腦中第一個浮現的念頭是「有辦法贏得了這種怪物嗎！」即將陷入苦戰的預感掠過腦中。

正因為如此……我是一直到事情發生了，才察覺到跟席爾修特的變化幾乎同時進行的「那個」。不，相信不只是我，連席爾修特本人也一定不知道發生了什麼事。

這時聖哉已經跳到席爾修特的上方，將劍高舉過頭。

「吸收動力再解放（Resume Drain-Charge-Move）……」

剛才消失的耀眼光芒再次覆蓋聖哉全身，並在轉眼間集中到他的右手上！

「靈力暴衝……突破極限型・幽滅靈劍（Ghost-Buster Over-Drive）！」

聖哉揮下的劍命中席爾修特，產生刺眼強光與震天撼地的巨響！那過大的音量暫時奪去我的聽覺，帶來了瞬間的寂靜。衝擊波差點把我彈飛，我勉強目睹到了那副景象。

反覆蓄積的吸收動力解放的物理攻擊力，加上幽滅靈劍的靈力，讓這一擊不只粉碎了席爾修特，甚至將附近一帶的土地也化為塵埃。

而現在——聖哉面前只剩下被挖掉一大塊的沙漠之地，席爾修特已消失無蹤。

我戰戰兢兢地靠近聖哉。

「聖、聖哉！席爾修特呢？」

「應該是解決掉了。」

「解決掉了……就在剛才那一瞬間？」

「算吧，不過還不能大意。」

聖哉依舊盯著席爾修特之前所在的空間看。姜德的嘴巴像金魚一樣開開合合。

「原、原來那個蓄力技是要用來對付死皇的第二型態嗎！不對！難道你早就知道那傢伙有第二型態嗎？」

「我哪知道，我又看不到他的能力值。」

我也無法再保持沉默，索性加入對話。

「那你為什麼不馬上使出蓄力技，還中途喊停呢！」

「死皇是難度ＳＳ的伊克斯佛利亞的最後一位幹部，很可能會在垂死之際採取某種行動，所以我才會保留招式，打算到那時再用。就算沒有第二型態，那樣也沒什麼不好。」

「要、要是什麼事都沒發生，那蓄積起來的招式不就白費了嗎？」

「能買到安心就不算白費。」

「「安心……？」」

我們還在為這句保險推銷員般的說法感到錯愕時，聖哉又略顯懊惱地說：

「我本來想蓄積到１０００％，但這樣身體可能會破裂，不得已只好停在３２０％。」

「不、不，這就很夠了！別蓄積到撐破身體啊！」

聖哉和我們交談時，一下凝視空無一物的空間，一下把手貼在地面……

「……看來應該沒有第三型態。」

聖哉似乎很擔心席爾修特會復活，他接著往四周張望……

「好，看來確實是消滅了。」

喃喃地這麼說完，才終於把劍收回劍鞘。

在我身旁的姜德用彷彿看到什麼可怕東西的眼神望向聖哉。

「我理智上是能理解勇者的話，畢竟保留壓箱密技也是一種戰術。不過他竟然能在實際的戰鬥中採取這種戰法……」

姜德淺淺地呼出一口氣，自言自語般地低聲說：

「真是了不起的傢伙。」

我看向佇立在不遠處的聖哉的背影，他身上連個擦傷都沒有。單論結果的話，他的確是毫髮無傷地獲得了壓倒性的勝利。

——但是，萬一在席爾修特轉換成第二型態前就把蓄力技用掉了呢？

一旦對上化為半靈體半物質的席爾修特，真不知道到時是誰勝誰負。不……在這之前也一樣。如果因遺骸圓環之夜而能力上升的葛蘭多雷翁、歐克賽利歐、瑟蕾莫妮可和死者軍團一起復活，對聖哉而言必定是空前絕後的大危機。即使如此，他依舊憑著超乎想像的謹慎防範於未然。

如果照一般的打法，死皇席爾修特戰應該是註定必敗的一戰吧。這次一定是因為有聖哉……不，是有變謹慎的聖哉在，才會得到奇蹟般的勝利吧……

我有些感動地望著聖哉，本人卻對勝利毫無喜悅，始終面無表情地盯著某一點看。

在聖哉視線前方的是殺子。殺子蹲在地上，看著手中的沙子。

聖哉走近殺子。殺子察覺聖哉來了，將手中的沙子拿給他看。

「這是……古雷歐做的墜子，但已經消失了。不管是這個鎮、古雷歐，還是所有回憶……全都一點也不剩了。」

對殺子來說，古雷歐是她的第一個朋友，實在很難想像她的內心有多痛。

「……殺子。」

聖哉開了口。我以為他會難得說句體貼的話……

「差不多該走了，快做準備吧。」

結果卻表現得跟平常一樣，把我嚇了一跳。

「好、好的……」

殺子無精打采地回答並起身。看到她垂頭喪氣，我不禁難過起來。逝去的人是回不來的，雖然打倒了伊克斯佛利亞最後的魔王幹部——死皇席爾修特，但這結果實在讓人高興不起來。

「我說聖哉，你就對小殺說句像勇者會說的話嘛……」

可是當我靠近聖哉時，卻發現他露出前所未有的嚴峻表情。

「……這下又回到起點了。」

「咦？回到起點？什麼意思？」

我不明白這句話的意思，但聖哉也沒多做解釋，只是對我說：

「莉絲妲，既然已經打倒死皇，現在應該能回神界了。把門叫出來。」

「好、好的。」

我照他所言叫出門。打開門一看，阻擋的白牆不見了。

「那我們就先回神界一趟。」

聖哉應該是要照往常那樣回去做準備吧。不過為了沮喪的殺子……不，我自己也想讓心情重新歸零，姜德一定也有同樣的心情。伏爾瓦納人民的消失，對大家的內心都造成了陰影。

我們默默地跟在聖哉身後，穿過通往神界的門。

第五十六章　一氣呵成

穿過門後，神界溫暖的陽光和空氣迎面而來。光是身處於統一神界的氛圍中，我的心情就變得開朗了一些。

我把門開在神界的廣場，這時賽爾瑟烏斯正好在咖啡座周圍打掃，我一出來就跟他對上視線。

「嗚喔！」

賽爾瑟烏斯一看到我們回來，就立刻把掃把和畚箕扔在一旁，找地方躲了起來。姜德走到他身旁。

「賽爾瑟烏斯，之前真是抱歉。我們不會再拜託你陪我們練劍了，你儘管放心吧。」

「什、什麼，是嗎？太好了！說到這個……哈哈哈哈！我當時是因為很久沒練才會狀況不好啦！那天我是睡眠不足有點感冒有點腹瀉感覺快死了……」

賽爾瑟烏斯在替他練劍時被姜德和骰子痛毆一事找台階下……真是遜斃了！那就是你原本的實力吧！

換作是聖哉的話，他應該會說「那現在就拿出全力給我看看」吧，不過姜德是不會這麼說的成熟大人。

「先別提這個了，你能像之前那樣借我們房間嗎？我想讓殺子休息。」

「喔喔，那當然沒問題……」

賽爾瑟烏斯似乎也發現殺子神情頹喪，蹲下身對她說：

「這樣啊。妳也遇到了很多事吧，殺子。」

「……是的。」

「拯救世界難免會伴隨著痛苦……好，妳等我一下。」

賽爾瑟烏斯端來放有茶壺和茶杯的托盤。

「來，這是熱紅茶喔。」

「不，我……」

「別客氣，這很好喝喔。」

「可是……」

「這是百分之百用神界的茶葉下去泡的，喝了鐵定能恢復精神。來，快喝吧。」

「呃，所以說，那個……因為我是機器，所以不能喝茶……！」

我在一旁看得坐立難安，忍不住逼近賽爾瑟烏斯。

「真是的！你是笨蛋嗎！如果灌那種東西進去，小殺會生鏽吧！」

「妳、妳說我笨是什麼意思！我只是在為殺子著想——」

「什麼百分之百神界茶葉！我看你才是百分之百的純正笨蛋吧！」

「！誰是百分之百的純正笨蛋啊！」

我們正在拌嘴時，殺子發出「嘻嘻」的笑聲。她接著把紅茶倒入賽爾瑟烏斯拿來的茶杯，將臉湊近。

「雖然不能喝……但味道好香喔！」

聽到她的聲音有了活力，我也開心起來。

太好了！小殺的心情似乎稍微轉好了！

看來賽爾瑟烏斯笨歸笨，偶爾還是能派上用場──我邊這麼想邊環顧四周，卻不見聖哉的蹤影。

「咦，奇怪？小殺！聖哉人呢？」

「聖哉先生往另一邊走了……」

「我還在想他剛才怎麼那麼安靜，結果又給我來這套……！我去找他！」

我把姜德和殺子留在賽爾瑟烏斯的咖啡座，自己跑了出去。在廣場上跑了一會兒後，我遇到阿麗雅。

「啊！歡迎回來，莉絲妲！」

「我回來了！妳有看到聖哉嗎？」

「聖哉他去神殿了，他說他有事要找伊希絲妲大人。」

「謝謝！」

向阿麗雅道謝後，我前往神殿。

「……不好意思打擾了。」

我敲了伊希絲妲大人的房門。當我緩緩推開那扇大門，就看到伊希絲妲大人和聖哉隔著桌子相對而坐，兩人之間放著一顆大水晶球，聖哉正看著它。

「別隨便搞失蹤好不好！……嗯？你在做什麼？」

伊希絲妲大人代替默不作聲的聖哉，以嚴肅的表情對我說：

「我照龍宮院聖哉的要求，讓他看看伊克斯佛利亞一年前的情況。」

「是、是這樣啊。」

我也在聖哉身邊坐下，觀看水晶球的影像。在聖哉認真凝視的水晶球上，映出一個閑靜的村莊。小河裡有水車在轉，一群白髮老人在水邊抽著菸。

「這個村莊是……」

就在我喃喃低語時，流過水車前的水突然染成一片鮮紅！

『嘎哈哈哈！死吧死吧死吧死吧！』

有個充滿怨懟的怪物吼聲響起！映在水晶球裡的雙頭怪物身穿骯髒的洋裝，手上還拿著老人的頭！

「！瑟、瑟蕾莫妮可！」

這個讓人想忘也忘不了的怪物把我嚇了一大跳。之前因為被詛咒糾纏不休，讓我對瑟蕾莫妮可抱著心理創傷，實在不想看得太仔細……不過現在也容不得我這麼說。再仔細一看，莫妮卡和瑟蕾娜的背後還有另一個女人的頭。

——夏娜可！當時她還沒被姊姊們殺掉！

水晶球中映出因瑟蕾莫妮可的出現而化為地獄的村莊。聖哉用毫無抑揚頓挫的聲音說：

「這裡是上次跳過的賢者之村。」

「這、這裡就是賢者之村……！」

賢者之村村如其名，大部分村人都是開悟得道的老人，但那些老人卻一個個遭到瑟蕾莫妮可虐殺。

「應該是魔王在殺死衝動時代的我得到力量後，派瑟蕾莫妮可去那個村子的。他打算把知道自己的祕密的賢者們趕盡殺絕。」

「嗚嗚……太殘忍了……！」

倒在地上的屍體不是脖子被砍斷，就是血液被抽乾。我忍不住別過頭去，聖哉卻若無其事地說：

「我想至少知道那是個什麼樣的村子。對了老太婆，也可以讓我看看村子目前的情況嗎？」

「多虧你們把魔王的幹部全數打倒，讓籠罩伊克斯佛利亞的霧靄也散去不少。雖然還無法預見不久後的將來，只是要稍微觀察一下伊克斯佛利亞的現況的話倒是沒問題。」

伊希絲妲大人祈禱後，水晶球中映出新的風景。水晶球像聖哉的土蛇監視器一樣，以俯瞰的角度映出荒廢的村莊景象。

「唔，那是什麼？」

聖哉指向村中一角，伊希絲妲大人將該處局部放大。

那裡有一群戴面具、穿長袍，樣貌十分詭異的人，正圍在畫在地上的紅色魔法陣旁。伊希絲妲大人也目不轉睛地盯著水晶球看。

「那些並非人類，應該是惡魔神官吧？不過看不出來他們正在進行什麼儀式……」

聖哉雙手抱胸看了好一會兒……

「果然還是直接去現場看過一次比較好。」

只透過水晶球看似乎讓他不太滿意，我問伊希絲妲大人：

「伊希絲妲大人，我可以直接把門開在賢者之村嗎？」

「可以，我准許你們。」

「謝謝您！……聖哉，怎麼樣？要現在去也行喔。」

「不，村子裡有敵人，必須先做好準備。」

伊希絲妲大人面帶微笑地說：

「看起來的確是有幾個惡魔神官在那裡，但對現在的你而言應該不構成威脅吧？」

「不一定只有他們是敵人。雖然村子乍看之下已經全滅，但假如有賢者倖存下來，說不定會因為遷怒而襲擊我。」

「賢、賢者應該不太可能會襲擊你吧……」

「反正不管怎樣，我也必須為阿爾特麥歐斯戰預先做準備。」

伊希絲妲大人點頭。

「我明白了，你就在神界待到你滿意為止吧。這次要攻略的是難度ＳＳ的伊克斯佛利亞——我也會盡可能給予你們協助的。」

「那麼老太婆，我要再拜託妳一件事。首先我需要這些屬性的神……」

聖哉大概是認為與其每次跟我一起找神修練，不如直接拜託伊希絲妲大人比較快吧。他詳細地描述了他想求教的神。

我感覺自己被當成了局外人，不免坐立難安。

「吶、吶，聖哉！有什麼事是我也能幫你做的嗎？」

聖哉聽了，用銳利的眼神看我。

「這個嘛，首先妳先回妳在神殿的房間。」

「要回我的房間啊！然後呢？」

「不是有妳平常睡覺用的床嗎？先躺到床上去。」

「嗯嗯，然後呢？」

「再來就安靜地閉上眼睛，能永遠閉著最好。就這樣。」

「ＯＫ，我知道了……不對，等一下！這樣我只是在房裡呼呼大睡嘛！」

「妳很吵。不然去陪殺子玩好了。」

「我都說了不是這種事嘛！真是的！伊希絲妲大人，請您也幫忙評評理啊！」

但伊希絲妲大人只是微微一笑。

「說得也是。莉絲妲，妳就去玩吧。」

「！您、您怎麼也這麼說！」

「跟夥伴一起共度時光也是很重要的工作喔。」

「咦咦咦咦咦咦咦……」

我、我在伊希絲妲大人心中，果然也是廢柴女神嗎？一定是這樣沒錯，之前也因為受到詛咒的事給大家添了很多麻煩呢。唉……

結果，我只好一個人無精打采地走回賽爾瑟烏斯的咖啡座。阿麗雅和雅黛涅拉大人剛好也在咖啡座，跟殺子和姜德聊得正開心。姜德察覺我來了，就問：

「女神，勇者他怎麼了？」

「他接下來好像又要修練了。他說等修練結束後，就要去賢者之村。」

姜德聽了，表情變得嚴肅，並用手抵著下巴。

「原來如此，這說不定是最後一次修練呢。」

「咦？」

「打倒死皇後，就沒有被夾擊的危險了吧。而且他之前也說過，他想趁魔王累積力量時攻其不備。」

「的、的確是……！」

「既然如此，他應該會針對魔王阿爾特麥歐斯進行最終調整。等完成修練，並去過賢者之村後，他大概就會直接去打魔王了吧？」

聽到姜德這麼分析，我頓時心悸了一下。

對、對喔……下一次就是魔王戰了！突然感到緊張起來……！

雖然經歷了各式各樣的苦難，但此時驀然回首，難度ＳＳ的伊克斯佛利亞攻略竟也接近了尾聲。一想到這裡，我就不禁心跳加速。

——在難度Ｓ的蓋亞布蘭德的魔王戰中，聖哉賭上自己的性命打倒了魔王！這次的魔王戰想必會是更艱困的一戰！

原本在聆聽我們交談的雅黛涅拉大人，此時看向神殿喃喃開口。

「說、說人人到。聖、聖哉來、來了。」

我往那個方向看去，嚇了一跳。不只是我，連阿麗雅也吃驚地拉高嗓門。

「聖哉帶了好多神來呢！」

沒錯，在走來的聖哉背後，光是我知道的就有風神弗拉拉大人、雷神歐蘭德大人……另外還有其他我沒見過的神。

我連忙跑向聖哉。

「聖哉！這究竟是怎麼回事！」

「我拜託伊希絲妲把各種屬性的神一次網羅來了。伊克斯佛利亞有別於蓋亞布蘭德，是個魔法等等技能分化極細的世界，所以我想針對適合我的職業做重點式加強。」

聖哉把筆記拿給我看。

「武鬥家」、「槍兵」、「魔法師（風、雷、火、土）」、「商人」、「占卜師」、「愉快的吹笛手」。

筆記上寫著聖哉在伊克斯佛利亞適合的職業。這是以前希望之燈火的恩佐告訴他的。

「也、也就是說，你要為了魔王戰把這些全部練熟嗎！」

「嗯，不過武鬥家、火焰魔法、土魔法和愉快的吹笛手我都封頂了，所以直接跳過。」

聖哉邊說邊解開長型布包，裡面出現一把舊長槍。聖哉拿起長槍揮動。

喔喔，這是我第一次看聖哉耍槍……看起來已經有模有樣了呢！

這時從他帶來的眾神中，有個身穿類似戰國武將的盔甲的男神走了出來。

「哦，看來你是要先跟我這個槍神修練吧。」

其他的神則後退一步。

「那我們就先在這裡待著，等輪到時再叫我們吧。」

「……你們在說什麼？」

聖哉瞪著其他的神。

「這是在浪費時間，你們一起上。」

「你這話什麼意思？」

「就是字面上的意思。我在跟槍神練習時，你們就用魔法攻過來。」

「你、你還要同時修練魔法嗎！」

「這樣比較有效率，所有技能我都要透過實戰來學。」

風神弗拉拉大人露出苦笑，雷神歐蘭德大人則漲紅了臉。

「你未免也太傲慢了吧，等下可別後悔說過這句話啊，人類……！」

我緊張得心臟狂跳，這時，響起了一個有點呆愣的聲音。

「請、請問……那我們要怎麼做才好？」

有個身穿和服，一手拿著算盤，長相福泰的男神，和身穿灰色長袍，戴著面具，充滿神祕氣息的女神佇立在一旁。就外表來判斷，他們應該就是「商業之神」和「占卜之神」吧。

聖哉一臉不耐煩地說：

「我剛才不是說過全部一起上就好？你們也一起來談生意和占卜。」

「「「──！現在到底是什麼情況啊！」」」

聽到聖哉的話，聚集在此的眾神都大叫起來！

呃，不，他是認真的嗎？除了自然魔法的神和槍神外，還要同時跟占卜之神和商業之神一起修練嗎！

槍神表情猙獰地把長槍往後猛然一拉！風神弗拉拉大人和雷神歐蘭德大人也朝天空高舉魔杖！眾神將聖哉團團包圍！

「就由我來好好挫一挫……你這小子的銳氣！」

槍神一馬當先衝向聖哉！不過……

「……狀態狂戰士・第二階段。」

化為狂戰士的聖哉用手上的長槍，把槍神暴雨般的突刺統統彈開！接著他又在千鈞一髮之際閃過雷神歐蘭德大人來自左方的雷擊！這時風神弗拉拉大人從背後逼近，放出如鐮鼬般的狂風，他卻看也不看就揮動長槍，以衝擊波抵銷風的攻擊！占卜之神和商業之神也以零時差接近聖哉，將算盤和六角形的籤桶遞出去！聖哉立刻撥了撥算盤，再搖了搖籤桶！

「今日的天經平均股價較前日回跌3・22％。還有今天的幸運色是藍色。」

聖哉一臉平靜地喃喃低語，眾神看了不禁後退。

「唔，這、這傢伙……！」

「竟然能擋下我們的攻擊──」

「還順便撥算盤……！」

眾神戰慄不已……

「呃，這到底是哪門子的修練啊啊啊啊啊啊啊啊啊啊啊啊啊啊啊啊！」

而我則忍不住吐槽。什麼「擋下攻擊順便撥算盤」，未免太莫名其妙了吧！

姜德和殺子也雙眼圓睜，一臉驚愕。

「雖、雖然搞不太懂……不過還是很厲害！」

「對啊！完全不知道該說些什麼了！」

眾神似乎也對聖哉感到畏懼，遲遲不肯發動攻擊。聖哉手拿算盤和長槍，朝他們步步逼近。

「怎麼了？不過來的話，就換我過去了。」

正當場面陷入僵持時，有人從我背後朝修練中的眾人們走近一步。

「嘻嘻嘻嘻嘻嘻嘻嘻……！」

「雅、雅黛涅拉大人！」

「熱、熱、熱血、沸、沸騰起來了……！」

軍神雅黛涅拉大人雙眼充血開心狂笑，拔出劍往前衝刺！在眾神混戰而掀起的煙塵中，除了魔法的閃光外，還響起刀劍的金屬聲！不僅如此……

「哦，怎麼這麼吵啊？是什麼慶典嗎？」

我聽到某個粗啞的聲音回過頭，赫然驚見身纏鎖鏈的半裸女神！穩坐神界第二把交椅的破壞神瓦爾丘雷大人就站在我的眼前！

「看起來很有趣呢，我也要加入。」

她揮舞起鎖鏈，朝修練中的眾人衝去！

魔法的爆炸聲和武器的金屬聲如怒吼響徹四周！有道雷光突然從混戰中彈射出來，直接命中賽爾瑟烏斯咖啡座的戶外座位！

「嗚哇啊啊啊啊啊啊！我的店要毀了啊啊啊啊！拜託你們去那邊打啦啊啊啊啊啊啊啊啊啊！」

——已、已經亂成一團了！

阿麗雅和我帶著殺子和姜德，逃也似的跑到安全處避難。

前所未聞的集體修練就此展開。

第五十七章　玩具箱

神界的廣場彷彿成了軍事演習場，爆炸和巨響不斷。從煙塵漫天的眾神混戰中，不時有魔法、長槍或劍彈飛出來，把賽爾瑟烏斯咖啡座的桌子和咖啡杯砸得散亂不堪。

「拜託你們放過我吧啊啊啊啊啊啊啊啊啊啊！」

賽爾瑟烏斯又哭又叫，模樣可憐得連我都感到同情。但不管他怎麼哭怎麼叫，聖哉都不可能中止修練的……正當我這麼想時……

「嗯，今天就到此為止。」

從開始後大約經過了兩小時，當神界被夕陽染紅時，聖哉這麼說。

——咦，奇怪？他真的打算停手嗎？

這種情況很罕見。除非陪練的神倒下，不然聖哉基本上都要練到深夜才肯罷休。對我來說，這次修練結束得有點早。即使如此，每位神也都已經筋疲力竭。槍神被長槍刺中臀部，昏倒在地；風神弗拉拉大人則眼眶含淚。

「嗚嗚！我的風魔法到底算什麼？他竟然能邊做血型占卜邊閃過，真是豈有此理……！」

「弗、弗拉拉大人！不要緊的！您又沒有執行神界特別處置法，這並非您原本的神力啊！」

縱使我出言安慰……

「就算妳這麼說，我還是……嗚嗚！」

平常酷酷的弗拉拉大人仍像個小女孩般大哭起來。

至於另一頭……

「啊～真好玩！那我要回去嘍！」

瓦爾丘雷大人卻紅光滿面，帶著滿足的表情打道回府。

每位神帶著或悲或喜的表情離去……沒多久大家就走光了。

我茫然地看著到處坑坑洞洞的神界廣場時，聖哉獨自走向神殿的身影映入眼簾。

——喔喔，好險！要是放著他不管，他又會馬上跑不見了！

我決定這次一定要問個清楚，跑去追他。

「等一下，聖哉！你要去哪裡？」

「白天用來做剛才的團體修練，至於晚上……」

「晚上？」

「我有其他事要做。」

「其他事？是什麼事？」

「……」

「吶吶，你晚上要做什麼？告訴我嘛。」

「煩死了，我不是叫妳去玩嗎？」

聖哉停下腳步，往地面一踏，用土魔法之力讓埋在地下的東西冒出來。

「咦咦！」

那是個大木箱。往箱裡一看，裡面放了劍玉、積木、陀螺、沙包、泡泡水等等。

「我準備了妳專用的玩具箱，妳就玩這個吧。」

「！你當我是小孩啊！」

而且選的還是這些玩具！我又不是日本昭和初期的小朋友！

「你這是什麼意思！不要看不起我好嗎！」

我發起脾氣，聖哉就喃喃開口。

「……狀態狂戰士・第二階段。」

「噫！」

難、難道他要變成狂戰士賞我拳頭嗎！

就算女神不會死，要是挨了威力那麼強的拳頭，我一定會腦漿四散的。我害怕地抱住頭……卻沒等到那股衝擊。一會兒後，我把眼睛打開一條縫，才發現聖哉忽然消失了。

「！又跑不見了！那傢伙到底想幹嘛啊啊啊啊啊啊啊啊！」

我心煩氣躁地踢開箱子，積木就從箱裡飛了出來。我不能把箱子扔在神界的廣場不管，只好勉為其難地開始收拾，結果撞到了一旁的賽爾瑟烏斯。賽爾瑟烏斯怒道：

「妳很擋路耶！不要在這裡玩積木好嗎！」

「我才沒玩呢！」

賽爾瑟烏斯漲紅著臉收拾散落一地的咖啡廳物品。他一臉忿忿不平，而我也煩躁得很，我們彼此互瞪，氣氛一觸即發。

「兩、兩位請冷靜一點！總之我們先一起收拾吧！好嗎？」

殺子撿起散落的積木遞給我，再用掃把將散亂的咖啡廳用品集中起來。賽爾瑟烏斯眼眶泛淚。

「殺子……！妳真是個好人啊！」

阿麗雅也走到旁邊，點頭如搗蒜。

「是個像天使一樣的殺人機器呢！」

賽爾瑟烏斯接著賞我白眼。

「莉絲妲！妳也稍微學學人家嘛！」

「你很煩耶！」

我不想被賽爾瑟烏斯說成那樣還幫他的忙，就從玩具箱裡拿出劍玉，自顧自地玩起來。

起初只是拿來殺時間，沒想到……

「喔、哈！喔、哈！」

——討厭，怎麼搞的？還挺好玩的嘛……！

我在不知不覺中玩劍玉玩到入迷了。

當我練到還算得心應手，能順利用劍刺中球時，太陽已經完全下山。往四周一看，桌子已經擺回原位，賽爾瑟烏斯咖啡座也勉強復活了。殺子走到我身旁。

「莉絲妲小姐……」

「啊，小殺也要玩劍玉嗎？挺好玩的喔！」

我對她傻笑，殺子卻用認真的語氣說：

「請、請問，您今天可以到房間和我一起睡嗎？」

「當然可以啊……咦？小殺，妳需要睡覺嗎？」

殺子是機器，照理來說應該不用進食和睡眠。我正覺得奇怪時，她開始忸忸怩怩，似乎有事難以啟齒。

「這個嘛，其實……是聖哉先生說『晚上盡量和莉絲妲一起睡』……」

「咦咦！為什麼？」

「我也問過他。他說：『瑟蕾莫妮可的詛咒可能還殘留著。』」

「！他還在擔心詛咒啊！」

從那次以後已經過了這麼久，他未免擔心過頭了吧……

「他一定是很掛心莉絲妲小姐您吧！」

「這就難說了，可能是覺得我很麻煩，所以才要妳看著我吧……」

「不管原因是什麼，只要能跟莉絲妲小姐一起睡，我就很開心！」

「真的嗎？那就走吧！」

我和殺子來到賽爾瑟烏斯出借的房間。因為離睡覺時間還早，我從玩具箱拿出玩具，跟她一起堆積木、丟沙包。雖然從聖哉那裡拿到玩具箱時很生氣，但看到殺子天真無邪地玩得那麼開心，我也跟著高興起來。殺子應該也是靠玩玩具轉移注意力，好暫時忘記伏爾瓦納的辛酸回憶吧。

「這是聖哉先生自己做的吧？」

殺子看著積木，忽然喃喃地這麼說。

「咦？這是聖哉做的？」

「請看這裡。」

積木的底部用非常小的字刻著「龍宮院聖哉」。

「真、真的耶……！」

「這裡也有。」

劍玉、沙包……仔細一看，所有玩具上都有寫上聖哉的名字。

「嗚哇……每一個都寫了全名呢……！」

「一定是因為怕弄丟才寫的吧！聖哉先生真是一板一眼呢！」

「呃、不，這樣很噁心耶，又不是小學低年級生……」

「不過倒是很有聖哉先生的風格呢！」

只見殺子掩嘴竊笑……唔——平常總是邊說「浪費時間」邊埋頭苦練的人，竟然還有時間做這些？真搞不懂他的用意。

「……我們睡吧。」

去思考這些也沒什麼意義，我和殺子一起爬上床，閉上了眼睛。

第二天早上。

今天在廣場上，聖哉也依舊和眾神展開激烈的團體修練。

我從玩具箱裡拿出泡泡水，邊吹邊漫不經心地看著聖哉修練，聖哉跟昨天一樣技壓群神。我偶爾會看到聖哉的手中放出雷光或疾風，這讓我確定他的魔法也學得很順利。

我從修練場移開視線，對正在咖啡座的桌子旁啜飲紅茶的阿麗雅發問。

「吶，阿麗雅，妳昨晚有看到聖哉嗎？」

「沒耶，我沒看到。」

「真是的，都不知道他在哪裡做些什麼……」

我卯起來猛吹泡泡。無數個彩虹色泡泡飛上高空。

「莉、莉絲妲……妳到底在做什麼？」

「吹泡泡。阿麗雅也要吹嗎？」

「不、不用了……再說，聖哉的事妳也不必想太多吧，既然他準備討伐魔王，做的事一定都有其意義啦。」

「我也不想緊咬著他不放嘛，但我就是不喜歡他背著我偷偷進行些什麼……」

魔王戰迫在眉睫，讓我比平時更在意聖哉的行動。雖說如此，我終究無計可施。難道我唯一能做的，就只有讓泡泡飛上天空嗎？

我忽然發覺身旁的不死者也顯得心浮氣躁。

「唔，我也好想和勇者一樣，跟各式各樣的神修練啊。」

看了聖哉修練後，姜德似乎也受到影響。我對他說：

「姜德，你說你想修行，但如果是跟賽爾瑟烏斯以外的神，光是靈氣你就受不了了吧。」

「最近我也多少習慣神界的靈氣了。」

「是喔～」

我往阿麗雅背後輕推一把，讓她靠近姜德看看。

「嗚喔！好刺眼！眼睛好痛！」

「果然還是不行。你就死了這條心吧。」

「不，我可以的！」

姜德接著看向坐在遠方桌子旁的神。

「那個神跟賽爾瑟烏斯一樣，幾乎沒有靈氣！之前在咖啡座看到她時，因為她外表很陰森，我還一度以為她是邪神之輩，始終避著她……」

看似心意已決的姜德走向那張桌子，坐在桌旁的是一臉陶醉地看著聖哉修練的軍神雅黛涅拉大人。姜德朝她一鞠躬，用認真的表情開口。

「昨天我見識了妳的劍術，可以請妳將那高超的劍術傳授給我嗎？」

「你是要我教屍、屍體連、連擊劍嗎……」

雅黛涅拉大人上下打量姜德，一會兒後她點點頭。

「好、好吧。鍛、鍛鍊你的話，或許能幫上聖、聖哉的忙。」

「喔喔！那就拜託妳了！」

看來雅黛涅拉大人打算教姜德劍術。

「……好好喔。」

旁觀的殺子一臉羨慕地盯著那兩人看。

「小殺，妳要跟我一起玩嗎？」

我從專用的玩具箱拿出沙包，但殺子搖了搖頭。

「那、那個，如果可以的話，我也想修練！」

「咦咦——聖哉他是獨行俠，就算修練了，他大概也不會讓妳有表現的機會喔。」

「但至少能鍛鍊我的心靈！我想變強！」

「這樣啊……」

看到殺子充滿幹勁，我想尊重她的想法，便帶著她去找雅黛涅拉大人。

「吶，雅黛涅拉大人，可以請您也教小殺劍術嗎？」

「繼、繼殭屍後、又來了殺、殺人機器啊。無、無所謂，反正順、順便……」

「謝謝您！對了，請您對小殺溫柔一點！畢竟她的內在是小女孩啊！」

——不過就算雅黛涅拉大人有可怕的地方，反正阿麗雅也在附近，應該不至於出亂子吧。

我抱著這個想法把姜德和殺子交給雅黛涅拉大人，然後看向聖哉。所有參加團體修練的神都在聖哉身旁倒成一片。

聖哉把劍收回鞘裡，看來今天的修練已經結束了。

但到了下一秒……

「狀態狂戰士．第二階段。」

聖哉竟發動狂戰士化，瞬間從我的視野消失！

阿麗雅看得張口結舌。

「竟、竟然逃得不見人影。」
不過我對阿麗雅豎起拇指。
「我有看到喔！紅色軌跡是朝神殿的方向前進！我去去就回！」
「莉絲姐！不要勉強追他比較好吧？」
「沒問題的！我只是要確認他晚上都在做些什麼而已！」
我就這樣跑向神殿。
雖然幾乎確定聖哉是去了神殿，但統一神界的神殿很大，要找到他應該很花時間。我在走廊上跟火之女神赫絲緹卡大人擦身而過，於是順便問了她。
「不好意思，您有看到聖哉嗎？」
「如果是問妳的勇者，剛才他跟瓦爾丘雷大人走在一起，兩人似乎感情不錯呢。」
「謝謝您……咦！」
她不經意的一句話，讓我頓時僵住。
難、難道……難不成……他又在跟瓦爾丘雷大人做些奇怪的事了嗎！
我對赫絲緹卡大人微微點頭道謝後，連忙趕往瓦爾丘雷大人的房間。
「瓦爾丘雷大人！我要進去嘍！」
我隨便敲了幾下門就闖進房內，卻立刻嚇破膽。

平常身上只纏鐵鍊，打扮極為暴露的瓦爾丘雷大人，現在竟然是全裸！

「嗚哇啊啊啊啊！果然跟我想的一樣！聖哉！給我出來！」

沒想到瓦爾丘雷大人愣了一下。

「妳在說什麼，莉絲妲黛？這裡只有我一個人啊。」

「什麼！可是赫絲緹卡大人說你們聊得很開心……」

「我們只是站在走廊上講話，之後我跟聖哉就分開了。」

「那、那您為什麼是裸體！」

「我在房裡基本上都不穿衣服的。」

……啊，什麼？是那種生活方式嗎？

我鬆了一口氣，瓦爾丘雷大人則用傻眼的表情看我。

「妳又追著聖哉的屁股跑啦？女神是勇者的助手，不是保母，不必每件事都那麼在意吧。」

「可、可是……」

「那傢伙就算單獨行動，也會做好份內該做的事，妳也做好聖哉要妳做的事吧。」

聽她的語氣似乎自認比我更了解聖哉，讓我有點惱火。

「瓦爾丘雷大人，您是不知道聖哉要我做什麼，才會說出那種話！聖哉竟然叫我『去玩玩具』耶！」

「哦～既然這樣，那就是妳現在最好的選擇了。」
「！玩玩具哪裡是最好的選擇啊！」
我提高嗓門大喊，全裸的瓦爾丘雷大人緩緩靠近我。
「這不重要，莉絲妲。妳應該知道在這種時間來我的房間，是代表什麼意思吧？」
「咦？」
我這才驚覺她不知何時已繞到我的背後！而且隔著洋裝抓住了我的胸部！
「咿啊啊啊啊啊！等、等一下！」
「哦！妳又變大了一點呢！」
「住、住手……！」
全裸的破壞神邊搓揉我的乳房，邊對我耳語。
「不然我跟妳玩怎麼樣？用別的玩具好嗎？」
「！不、不、不必了！」
我掙脫瓦爾丘雷大人的手，衝出房間。
——哈啊～哈啊～哈啊～好可怕！差一點就要被她玷汙了！
我在神殿的走廊上整理凌亂的領口時，正巧看到聖哉在和身上散發著寒氣的女神交談。
找、找到了！原來人在這裡！
站在聖哉對面的，是長袍如水晶般閃耀的冰神琪歐露涅大人。

「我有件事想問妳，妳有沒有能永遠凍結對方的招式？」

「這個嘛，要暫時凍結是可以，不過就算是再怎麼上位的冰結魔法，也不可能把敵人永遠凍住……」

咦咦？他們到底在談什麼？

我走近他們。聖哉察覺我來了，嘆了口氣。

「……又是妳啊。」

「吶，聖哉，你不是練火焰系的嗎？應該沒辦法學冰系魔法吧？」

不管聖哉是多麼天才的勇者，還是存在著特性。冰結魔法和我的治癒魔法以及聖哉擅長的火焰魔法的特性完全相反，是聖哉再怎麼努力也學不會的。

「我只是想找人商量。」

「那是為了魔王戰嗎？你想將魔王永遠冰凍嗎？可是不把魔王除掉就沒有意義吧？」

我裝出女神的架式，得意洋洋地說：

「聽好了，只要魔王還活著，伊克斯佛利亞就會不斷產生凶惡的魔物，邪神的加護也不會停止，世界將持續崩壞。如果要救伊克斯佛利亞，就必須讓魔王徹底絕命。」

我才說完，聖哉就冷不防地打我的頭。

「好痛喔！你在幹嘛！」

「不用妳說我也知道。」

「那你又為什麼找琪歐露涅大人談這種事！」

聖哉不理我，還輕拍琪歐露涅大人的肩膀。

「總之妳現在馬上把這個女神冰凍起來。」

「！為什麼啊！」

他把憤慨的我和苦笑的琪歐露涅大人留在原地，頭也不回地快步離去。

那、那是什麼意思啊！他找琪歐露涅大人談話，真的是為了把我冰凍嗎！不、不會吧，他應該不至於這麼做吧！

我完全無法理解聖哉的行動。不，該怎麼說呢……其實冷靜下來仔細一想，打從跟他相遇後，我就一直看不懂他葫蘆裡賣的是什麼藥……

我感覺疲勞一口氣湧上，決定回去殺子的房間。

第五十八章　賢者之村

滯留神界的第三天早上。

當聖哉進行團體修練時，在賽爾瑟烏斯咖啡座附近，姜德和殺子也在接受雅黛涅拉大人的指導。

「……那、那就休、休息吧。」

雅黛涅拉大人看到殺子一臉痛苦地垂下頭，這麼說道。雅黛涅拉大人跟聖哉一樣，一旦練習起來就不顧周遭的狀況，但這樣的她竟然主動說要休息，想必是為了殺子著想吧。

雅黛涅拉大人坐在遠方的戶外座位旁，開始用迷濛的眼神看著聖哉練習。姜德則來到我身旁，往地上一坐，用苦澀的表情凝視著劍。

「『連擊劍』——聽說勇者很快就學會了……但這一招的難度其實非比尋常啊。」

「是、是啊！連要抓住訣竅都很難呢！」

殺子也點頭。這兩人即使能力值高得驚人，學劍時依然吃盡苦頭。看到他們這樣，我再次體認到聖哉果然是個天才。

賽爾瑟烏斯走近姜德和殺子，帶著笑容向他們搭話。

「你們在練連擊劍嗎？看起來很吃力呢。」
「喔喔，是賽爾瑟烏斯啊。是啊，連我自己都覺得慚愧……」
「哎呀，別太勉強啦，連擊劍不是那麼容易就能學會的。」
「該、該不會……賽爾瑟烏斯先生，您也接受過雅黛涅拉小姐的指導嗎？」
「算是有吧。」
他回答殺子的話讓我吃驚。
「真的嗎！賽爾瑟烏斯，你也會連擊劍嗎？」
「這個嘛，嗯，算還可以吧……嗚喔！」
雅黛涅拉大人不知何時站到了賽爾瑟烏斯背後，對慌張的他賞以白眼。
「我、我是有教過他，可、可是這傢伙只練了幾分鐘就放、放棄了。跟賽爾瑟烏斯比起來，殺、殺子和姜德更有潛、潛力。」
「賽爾瑟烏斯！你根本沒練成連擊劍嘛！不要裝得好像你會一樣！」
「我、我只說有向她學過而已，又沒有說我會！我才沒說謊呢！」
「！你是小孩啊！」
這實在不像劍神該說的話，我感到錯愕，溫柔的殺子卻幫他說話。
「可是連擊劍真的很難！我也完全不會！」
「沒錯！就是這樣！那種劍術怎麼可能學得會嘛！不可能，絕對不可能！」

這時突然傳來骨頭「喀啦喀啦」的傾軋聲。

「……雖說是強大的劍術，卻不能放入過多的力量，要盡可能讓手臂關節變柔軟，好擴大手臂的可動範圍。」

我回過頭去，發現聖哉拿著未出鞘的劍對準了賽爾瑟烏斯。

「接招吧……『連擊劍(Eternal Sword)』。」

聖哉的劍鞘化為殘影，一道道落在賽爾瑟烏斯身上！

「嗚哇啊啊啊啊啊啊啊啊啊！」

賽爾瑟烏斯隨著慘叫聲被打飛出去！但聖哉對變成破抹布的賽爾瑟烏斯看也不看，直接將視線投向殺子。

「殺子，根據我的分析，殺人機器的手臂能動的範圍比人類廣。只要妳別過度使力，應該很快就能學會。」

「原、原來如此！我明白了！謝謝！」

殺子鞠躬行禮，而雅黛涅拉大人的雙眼則變成心型。

「這、這連擊劍完美得像範本一樣……！好、好喜歡你……！」

「話說回來……原來聖哉你都有在聽我們的對話啊……咦？奇怪，團體修練呢？」

「已經結束了。」

「你說結束了……」

我不經意地往廣場一瞥，立刻大吃一驚。所有陪聖哉練習的神都趴倒在地。

「難、難不成……你把那麼多神的技能都學會了嗎！」

「嗯。」

我一時說不出話，阿麗雅帶著微笑從聖哉背後走來。

「祕密就在於狂戰士化。變成狂戰士再練習的話，會讓學習速度也提升喔。」

原來如此！聖哉本來領悟力就高，以狂戰士化提升能力值後再來修練，學會技能的速度當然也更快了！

聖哉倒沒有特別高興，只是平靜地告訴大家：

「今天先休息一晚，等明天早上就去賢者之村。」

「終、終於要去那裡了嗎！」

姜德立刻喜形於色……

「咦，已經要……走了嗎？」

但殺子卻這麼說，還盯著劍看。姜德似乎察覺到她的心情，露出苦笑。

「的確。才剛開始練連擊劍，是有點可惜呢。」

「對啊，真想再多練一下……」

雅黛涅拉大人看到他們這樣，點了點頭。

「基、基礎我已經教你們了，之、之後就各自練習吧，一、一定很快就能熟練的。」

「知道了！謝謝您！」

殺子向雅黛涅拉大人深深一鞠躬。

當天晚上，我也在房裡和殺子一起玩聖哉給的玩具，但考慮到明天的行程，還是決定提早就寢。

……閉上眼睛後不知過了多久，睡在殺子身邊的我因為震動而醒來。

──是……地震嗎？

但並不是。等我回過神，才發現身旁的殺子不斷顫抖。

「小殺！妳怎麼了！」

我嚇了一跳把燈打開，殺子立刻抱住我。

「吶，還好嗎？」

「所、所謂的夢……原來是這種感覺嗎？當我閉著眼睛時，眼前突然浮現影像──好像有個巨大的黑影籠罩了全世界。」

「巨大的黑影？」

「我想那一定是……魔王阿爾特麥歐斯吧。」

殺子用顫抖的聲音說：

「我有感覺到，阿爾特麥歐斯正在增強他的力量，大得可怕……」

「小殺……！」

連伊希絲妲大人都無法掌握阿爾特麥歐斯的現狀，但殺子以前曾和機皇歐克賽利歐共享感官，會不會是以同樣的方式感應到魔王的力量呢？

我對殺子擠出笑容。

「我知道妳或許會不安，不過等這場仗結束後，伊克斯佛利亞就會恢復和平！能讓小殺、卡蜜拉王妃，以及伊克斯佛利亞所有人民都安居樂業的世界很快就會來了！」

「說、說得……也是。」

雖然這些話有一半是我說給自己聽的，不過……

「我不能這樣！怎麼可以只作個夢就洩氣！我要變得像聖哉先生一樣堅強才行！」

我摸了摸殺子的頭。

「聖哉一定會打倒阿爾特麥歐斯的，所以妳不必擔心。」

那晚我沒有關燈，抱著殺子入眠。

第二天早上。

我和殺子手牽著手，一起走到神界的廣場，聖哉和姜德已經帶著行李站在那裡了。

根據伊希絲妲大人的情報，死皇所在的艾阿利斯大陸南方有座離島，賢者之村就在島上。我詠唱咒語，將門打開。

「那裡有惡魔神官在，沒錯吧？我把門開在距離賢者之村的遺跡三十公尺的地方了！」

我考量到聖哉的個性，用有點得意的語氣這麼說……

「哼，只有三十公尺嗎？應該開在更遠的地方才對……算了，這樣就好。」

但他只用鼻子哼了一聲，一副這麼做是理所當然的樣子。接著聖哉像平常一樣將門慢慢打開，觀察情況後率先進門。

我們也跟在他後頭，沒想到才剛穿過門，聖哉就立刻在地上翻滾。

「聖、聖哉！」

「怎麼了，勇者！有敵人嗎！」

我和姜德也擺出戒備姿勢，但四周盡是一片寂寥的景色，非常幽靜。聖哉若無其事地起身。

「為、為什麼你突然在地上滾？」

「我怕遇上敵襲，為了以防萬一先滾再說。」

「真有敵襲再滾也不遲啊！」

姜德鼻子抽動。

「沒錯！明明什麼都沒發生還打滾，很嚇人耶！」

「別、別氣別氣，總之沒事就好……」

我安撫我們，聖哉則用手拍掉身上的土。

「接下來就一邊保持警戒，一邊往村裡移動吧……移動式洞窟（Cave Along）。」

我們潛入地下，在洞穴裡靜靜地緩步前進。

……確定地上安全無虞後，聖哉解除移動式洞窟。升上地面後，我們以茂密的樹林為掩護，觀察敵情。

遠方就跟水晶球裡看到的一樣，有群戴著面具的惡魔神官排成一列，繞行魔法陣。聖哉用銳利的眼神看向他們。

「如果那是某種召喚儀式，得在他們叫出怪東西前先收拾掉他們。」

「說、說得也是！」

「幸好遠處有一個落單的，情報從那傢伙身上收集就好。至於魔法陣周圍的那些傢伙，應該可以一次解決。」

聖哉把手舉到自己眼前，喃喃開口。

「職業轉換。轉職成『愉快的吹笛手兼土魔法師』……」

聖哉轉眼間換上類似小丑的裝扮！喔喔！這模樣好讓人懷念喔！

躲藏在地下好幾天，不停打倒獸人的記憶再次甦醒。雖然當時感覺快得憂鬱症了，現在卻成了一段難忘的回憶。

不過聖哉從裝備袋裡掏出來的並不是那把令人懷念的吹箭。

「那、那是什麼？」

那是長度約一公尺的長筒。我看了大吃一驚。

「這是『白金吹箭大口徑版』。我現在就用壓縮空土砲(Burst Air)一次解決惡魔神官。」

聖哉把跟棍棒差不多粗的白金吹箭放在地上，像吸塵器般把土從射出口吸入，再像咬粗壽司卷一般含住另一端。

突然間「砰！」的一聲！吹箭前端幾乎同時發出巨響！仔細一看，前方竟冒出猛烈的火焰和黑煙！

等煙霧散去後，那些惡魔神官已被炸得支離破碎，死狀悽慘。我大叫起來。

「呃，你到底把威力提高了多少啊！」

看到那彷彿被火箭砲擊中的景象，讓我不叫都難。話說回來，這已經不是笛子也不是吹箭了吧！

「雖然似乎姑且全轟死了……不過還是得確認是不是真的死了。」

「先別管這個了，聖哉！剛才的爆炸應該讓剩下的神官也逃走了吧？」

「沒問題，土蛇已經抓到他了。」

聖哉彈了下手指後，有隻大了一圈的土蛇將一個惡魔神官拖到魔法陣旁。仔細一看，還有各式各樣的土蛇把他纏得密不透風。

聖哉首先將職業轉換成火魔法戰士，從遠方使出爆殺紅蓮獄，將屍體連魔法陣一起燒光，再讓餘燼沉入地下。之後他與殘存的惡魔神官保持充分的距離，向他問話。

「你們到底在這裡做什麼？」

對方沒有回答。這也是當然的，畢竟彼此距離超過十公尺，也不確定他有沒有聽到聖哉的聲音。

「喂、喂，勇者！為什麼要離他這麼遠啊？」

「人一旦被逼到走投無路，會做出什麼事很難說，靠得太近會有危險。」

「就算是為了安全，可是在這裡也聽不到對方的聲音啊！」

「用土蛇麥克風就好了。」

聖哉透過麥克風，又問了惡魔神官相同的問題。

「這不關你們的事……！」

在我們腳下的土蛇這麼說。看來這隻土蛇是用來幫遠方的惡魔神官傳話的。

「給我老實說，不然土蛇會勒死你。」

聖哉出言威脅，惡魔神官卻咯咯大笑。

「我才不管呢！反正你們也會死！因為阿爾特麥歐斯陛下將是無敵的！已經沒有任何人能阻止他了！嘿嘿嘿嘿嘿嘿……！」

「唔……」

聖哉突然往地上使勁一跺！我們的四周忽然冒出岩壁！就在同一時間，爆炸聲和震動搖撼我的全身！

「發、發、發生什麼事了！」

「那傢伙自爆了，跟我想的一樣。」

「真不愧是聖哉先生！離遠一點果然是對的！」

殺子發出讚嘆，姜德則悶哼一聲。聖哉用一臉我就知道的表情瞄了姜德一眼後，把視線移向殺子。

「殺子，有句俗語說『窮鼠自爆』——妳要牢記。」

「好！」

應該是「窮鼠齧貓」才對吧？算了沒差啦，反正有得救就好……

「話說回來，結果還是不知道那是什麼儀式呢。」

就在我這麼喃喃抱怨時……

『那些傢伙……是在向邪神祈禱……』

傳來一個沙啞的聲音。

「咦？姜德，你剛才說什麼？」

「不！不是我！」

「聽起來像老爺爺的聲音，既然聖哉的聲音不是那樣，應該就是你吧？」

「我的聲音也不像老爺爺好嗎！不過我腦中的確也響起了聲音！」

「我、我也有聽到！」

這時聲音再度傳來。

『我是以前住在這村子裡的人，名叫伊梅爾。不過現在我只剩下意識，或許該說是【曾為伊梅爾的人】才對……』

咦！那他是賢者的亡靈嘍！即使死後也繼續苦等勇者來村裡嗎！

在魔王殺死勇者，得到邪神之力後，村子遭到襲擊，賢者們也慘遭毒手。如果聖哉一年前有來這個村子，事情應該就不會演變成這樣了。

——他、他一定恨著聖哉吧？

我不免擔心起來，但聖哉若無其事地對聲音的主人伊梅爾開口。

「你們察覺不到敵人往村子逼近的跡象嗎？實在不太像賢者呢。」

「聖哉！」

伊梅爾的靈魂乾笑一聲。

『未來本來就是未知的，尤其關乎自己的命運時更是如此。』

「如果你真的是賢者的亡靈，找我攀談又有何目的？」

『我是為了傳達當時沒能告訴你的事……』

在片刻的停頓後，伊梅爾莊嚴的聲音在我們腦中響起。

『魔王阿爾特麥歐斯有兩條命。』

「這種事我早就知道了。」

聖哉用傻眼的語氣說。在伊希絲妲大人用水晶球讓我們看過以前的魔王戰後，這已是眾所皆知的事實。聖哉又繼續說：

「而且魔王得到邪神的加護，累積了更多力量。我想他現在可能已經不只兩條命了。」

『嗯、嗯，的確是這樣沒錯。』

「你要告訴我的只有這些嗎？」

『我們本來想把賢者之村自古流傳的奧義【吸收動力解放】傳授給你，可惜能教你的賢者已經被殺了……』

「沒關係，那一招我已經學會了。」

『什麼……！』

賢者伊梅爾的聲音裡滿是驚嘆。

『如、如果你所言屬實……勇者啊！你已經超越了時空！或許連受到邪神加護的魔王阿爾特麥歐斯都能打敗……！』

「這是當然了！我們這次一定會打倒魔王的！對吧，聖哉？」

我以為他會斬釘截鐵地說「當然」，但聖哉卻面色凝重地問伊梅爾。

「我先問你一個問題。你覺得除了打倒阿爾特麥歐斯外，還有其他方法能拯救世界嗎？」

咦……？聖哉……？

『要拯救伊克斯佛利亞的話，除了打倒魔王之外應該別無他法。』

「這樣啊。」

為、為什麼要問這麼理所當然的事？難道聖哉他……沒自信能打倒魔王嗎？

『如果……如果你能打倒阿爾特麥歐斯，就能成為貨真價實的勇者了吧。等到那個時候，希望你能再來這裡一趟……』

伊梅爾的靈魂要對聖哉說的話還沒講完，我卻聽到腳步聲。回頭一看，聖哉正要默默離開這裡。

「喂、喂！等一下，聖哉！」

我和姜德都慌了手腳……

「這裡的事辦完了。」

聖哉卻喃喃自語，繼續前進。

我追在聖哉背後，忍不住倒嚥口水。

——怎、怎麼回事！為什麼聖哉會散發一股強烈的壓迫感……？難不成……他要直接前往魔王城嗎！

最終決戰即將到來的預感讓我的心臟劇烈跳動。

第五十九章　不祥的預感

「終於……要去了嗎？」

「嗯。」

面對姜德的發問，聖哉點點頭。我、姜德和殺子都屏氣凝神地看著聖哉，這時聖哉回頭看我。

「莉絲妲，把門叫出來，我要去神界。」

「！呃，不是要去魔王城嗎！」

在姜德大叫的同時，我緊繃的神經也鬆懈下來。

也、也對啦……聖哉果然不會就這麼直接去打最終決戰……

「勇者！你以前不是說過『要攻魔王於不備』之類的話嗎！」

「戰況時時刻刻都在變化。惡魔神官說『已經沒有任何人能阻止魔王了』。既然要對上全盛狀態的魔王，我必須做好更周全的準備再來應戰，所以我要回神界修練。」

「你在跟那些神團體修練時，已經幾乎把所有適合你的職業都練到精通了吧！接下來你還要做什麼——」

「莉絲妲，快開門。」

「把我的話聽完啦！」

「好啦好啦姜德！在神界的修練都會派上用場的。你自己不是也親眼見證過嗎？這種事就交給聖哉吧！」

「而且姜德先生，回到神界後又能繼續練連擊劍了呢！」

姜德交互看了看我和殺子的臉，沉默了一會兒後……

「……我知道了。」

勉為其難地點了頭。

於是我們又回到神界了。

「……我都叫妳別跟了。」

「我才不管呢！我可是負責你的女神耶！」

把殺子和姜德託給賽爾瑟烏斯後，聖哉首先前往伊希絲妲大人的房間。雖然聖哉一直說「別跟來」，我依舊死纏爛打，硬是跟到伊希絲妲大人的房門前。

聖哉打開房門，走進伊希絲妲大人的房間後……

「我有事想找時之女神克羅諾亞談。」

劈頭就對伊希絲妲大人這麼說。

「聖、聖哉！你這次打算跟時之女神修行嗎？」

「沒錯。」

他、他是認真的嗎！我從沒想過要向至深神界的神求教！不過……如果他學會時之女神的技能，可以停止敵人的時間，那不管阿爾特麥歐斯有多強都能打倒了！

聽到聖哉這麼說，伊希絲妲大人露出有點困擾的表情。

——呃，這果然是開掛中的開掛吧！再說至深神界的神有可能教人嗎！

「克羅諾亞大人非常親切，要跟她見面交談應該可以，不過你最好別期待有什麼好結果。」

「老太婆妳只要幫我帶路就好。」

聽到聖哉這句話，伊希絲妲大人默默點頭。

於是我和聖哉隨著伊希絲妲大人一同前往「時間停止的房間」，透過房裡的畫進入至深神界。

伊希絲妲大人開口後，至深神殿大門敞開，時之女神克羅諾亞大人面帶微笑，以優美的姿態現身。

「克羅諾亞，我有件事想找妳商量——」

就在聖哉開口時，神殿的門又再度開啟，走出身材魁梧的男神！

——是法理之神涅梅希爾大人！自從他被莉絲妲老太婆之劍……也就是Holy Power Drain Sword變成老爺爺後，就沒再見過他了！他、他一定還在生氣吧！

不過涅梅希爾大人看到聖哉，卻只是喃喃地說：「怎麼又是你這傢伙……」

「我記得你之前為了救被詛咒的莉絲妲黛，曾來過至深神界這裡，但我在那之後的記憶很模糊。我問克羅諾亞，她也只說我有准許她回溯時間……」

！涅梅希爾大人沒有變成老爺爺時的記憶嗎！

聽完這番話後，聖哉理所當然地說：

「沒錯，當時你很爽快地答應幫忙，我很感謝。」

「唔，這樣啊，我果然還是幫了你嗎……」

嗚～哇！竟然面不改色地說了謊……！

知道當時情況的克羅諾亞大人用愉快的語氣對聖哉說：

「呵呵，那麼龍宮院聖哉，你要找我商量什麼？」

「喔，我能學會讓時間停止或前進的招式嗎？」

「很抱歉，人類是無法操縱時間的，不管是要停止、倒轉或前進都一樣。」

果、果然是這樣，畢竟是「操縱時間」嘛。再說這種事除了克羅諾亞大人外，也沒有其他神能辦到，更何況是人類。

我雖然失望，但聖哉仍不死心。

「妳以前有教過人類嗎？」

「沒有，不過人類很顯然是辦不到的。」

「我的原則是眼見為憑。我想跟妳一起修練，試試看是否真的不可行。」

克羅諾亞大人思考片刻後微微一笑。

「好吧，那就修練看看好了。」

但當她此話一出……

「不行！萬萬不可！至深神界的神怎麼能幫忙區區人類！而且就算是為了拯救世界，操縱時間還是違反神的法理！」

法理之神涅梅希爾大人的怒吼聲立刻在至深神界中迴盪！聖哉聽了，露出詫異的表情。

「哎呀，之前你不是願意幫忙嗎？」

「呃，關於之前的事——」

「如果是以前不行這次也不行，那還說得過去，但上次可以這次卻不行，又是什麼道理？你明明是法理之神，怎麼說話這麼不合道理？」

「唔……！」

涅梅希爾大人悶哼一聲，陷入沉默。不久後，他露出苦澀至極的表情說：

「好、好吧！反正修練了結果也不會變！就算把天地倒過來，人類還是無法操縱時間的！」

——太、太好了！說服涅梅希爾大人了！

我心裡喜不自勝。雖然克羅諾亞大人和涅梅希爾大人都認為不可能，但聖哉可是超級天才勇者，一億人中才有一個的奇才，說不定他辦得到……！

聖哉對滿懷期待的我說：

「所以，我要在這裡跟克羅諾亞修練一陣子。」

「好，我知道了！要加油喔！」

「總之我先訂個時間，最長三天。在這段期間，就讓姜德和殺子練連擊劍吧。」

「這、這樣啊，呃……那我呢？」

「妳就去玩吧。」

「！又要玩喔！」

我不禁大叫，但聖哉卻沒有像平常一樣忽視我或輕視我。

「莉絲妲，偶爾放鬆一下也好。」

「咦……」

這句話透出一絲溫柔，感覺不太對勁。我還愣在原地時，聖哉已經朝克羅諾亞大人走去。

「那麼莉絲妲黛，我們就回統一神界吧。」

「好、好的！」

我向克羅諾亞大人鞠躬行禮後，隨伊希絲妲大人一起離開至深神界。

我和伊希絲妲大人走在神界的通道上，腦中回想著聖哉剛才的話。

——唔，之前他好像也曾那樣對我說過話……是什麼時候的事呢？

「……莉絲妲黛。」

我正在思考時，伊希絲妲大人向我搭話。

「啊，是！」

「先不論龍宮院聖哉和克羅諾亞大人的修練是否能順利，既然這次要討伐的是受到邪神強力加護的伊克斯佛利亞魔王阿爾特麥歐斯，可以說再怎麼準備也不為過。反正距離魔王覺醒還有一段時間，我希望龍宮院聖哉能在這段期間盡最大的努力。」

看來伊希絲妲大人也很掛心聖哉的事。我突然有點在意，試著問她。

「伊希絲妲大人，邪神為什麼要給魔王加護呢？」

「邪神也想得到力量吧。他們想跟魔王一起得到打倒勇者後產生的負能量。」

原來如此，難怪邪神會幫助魔王……

「雖然我不願去設想，不過萬一龍宮院聖哉再次輸給阿爾特麥歐斯的話，盤據在伊克斯佛利亞的邪神之力應該會變得極為強大吧。」

「聖、聖哉不會輸的！」

「嗯，我當然也是如此深信。」

伊希絲姐大人沉默片刻後喃喃開口。

「莉絲姐黛，妳也得非常小心才行。萬一妳被魔王打倒，邪神應該會得到跟打倒勇者相等的力量吧……」

我們走到伊希絲姐大人的房門前。我向她鞠躬行禮，感謝她帶我們去見克羅諾亞大人，之後就跟她道別了。

——這樣啊，如果我死了，邪神也能得到強大的力量……咦？如果我「死了」……？

我獨自走在神殿裡，心中無比忐忑。

第六十章　立死亡旗

我回到咖啡座，把聖哉要跟克羅諾亞大人修練的事告訴大家。阿麗雅聽了先是吃驚，接著笑逐顏開。

「如果能學會時間之神的招式，就等於如虎添翼了呢！」

正在跟雅黛涅拉大人修練連擊劍的殺子也朝我們這裡開心地呼喊。

「是操縱時間的修行嗎！聖哉先生果然很厲害！」

「可是……那種事真的辦得到嗎？」

我對表示存疑的姜德報以微笑。

「這麼嘛，一般來說的確不可能，不過換成聖哉就不一定了！我倒覺得他學會的機會挺大的！」

「喔～那麼女神，我和殺子照這樣繼續修練就行了吧？」

「嗯，聖哉是這麼說的。」

「莉絲妲，那妳要做什麼？」

聽到阿麗雅這麼問，我氣鼓鼓地大吐苦水。

「唉，妳聽我說！聖哉竟然又叫我去玩！」
殺子聽了不斷揮舞雙手，似乎很高興。
「果然是這樣嗎！那今天要玩什麼！」
「咦，小殺……妳怎麼會說『果然是』……？」
「啊，其實聖哉先生也對我說了『在神界時要陪莉絲姐玩』呢！」
「！那是什麼意思啊！」
「請妳等我練習完喔！我好期待喔！」
「嗯、嗯……」
殺子因為能跟我一起玩而單純地感到開心，但我卻覺得難以接受。我心不在焉地看著繼續練連擊劍的姜德和殺子，陷入思考。
『偶爾放鬆一下也好。』
咦，聖哉這句話，我之前是什麼時候聽到的……？
我努力回想，卻想不起來。當我抱著焦慮的心情看著姜德和殺子練劍時，腦中突然浮現馬修和艾魯魯的身影。
——對了，在蓋亞布蘭德時，馬修和艾魯魯也曾像他們一樣，在神界進行修練呢。
就在我感到懷念時，突然察覺到一件事。
沒、沒錯！就是那個時候！那是在蓋亞布蘭德的攻略已接近尾聲，聖哉拋下我、馬修和艾魯魯，自己跑去單挑魔王的時候！

聖哉平常不是修練就是戰鬥，每天過著嚴以律己的生活，卻唯獨那時體貼地提議要休息。當時我們很高興，但那其實是聖哉的策略，後來他就丟下我們前往魔王城了。

難、難道他又要一個人去戰鬥嗎……！不，這裡可是神界！只要我不打開通往伊克斯佛利亞的門，聖哉也無法離開神界！那他究竟為什麼……

『龍宮院聖哉依舊會再次失去他所珍惜的人。這不是預言，而是已經確定的未來。』

我的腦中浮現邪神的話。兩者一對照，讓我產生了某種確信。

——也、也就是說，我會死在魔王戰中……！聖哉察覺到這件事，所以才叫我「去玩」，要我「放鬆一點」！這、這是為了不讓我在死前留下遺憾……！

在瑟蕾莫妮可一戰中，當我從邪神口中收到死亡宣告時，曾認為死並不可怕。可是，在這實際感受到死亡近在咫尺的瞬間，我仍然顫抖了起來。

——我、我果然還是不想死！我想多吃一點好吃的東西，想去旅行，也想打扮得漂漂亮亮的！

我用力搖頭。

我、我要冷靜！沒錯！只要聖哉學會操縱時間的招式，別說魔王了，不管來什麼敵人都能打倒！

……他跟時間之神克羅諾亞大人的修練，成為了讓我存活的最後一絲希望。

在那之後的三天，為了排解不安，我盡可能表現出開朗的樣子。因為害怕獨處時會陷入憂鬱，所以我白天都在咖啡座和大家聊天，晚上則和殺子一起過夜。唯有跟殺子一起玩聖哉給的玩具時，我才能暫時感到安心。

然後……終於到了聖哉結束修練的那一天。

我等在時間停止的房間前，引頸期盼聖哉出關。

不久後房門敞開，勇者走了出來。

「聖哉！修練結束了吧！」

「嗯。」

不知道修練的結果如何？從聖哉缺乏喜怒哀樂的臉上，實在看不出個所以然來。

「那、那麼，操縱時間的技能學會了嗎？」

「在這三天裡，我試著幾近不眠不休地練習，該做的也全都做了。」

「嗯嗯！然後呢？」

「……還是不行。」

「咦！」

「人類果然無法操縱時間。」

「這……樣啊……」

我感到極度失望。

這、這也難怪。就算聖哉再怎麼厲害，也不可能操縱時間。所以也就是說……嗚嗚，我的死亡旗已經插好了……！

我膽顫心驚，膝蓋抖個不停，聖哉卻把我撇在一旁，自顧自地邁開腳步。

「等、等我一下，聖哉！」

我努力地跟上他，聖哉這次前往的依舊是伊希絲妲大人的房間。

「哎呀，是龍宮院聖哉和莉絲妲黛啊。」

伊希絲妲大人坐在椅子上，面帶溫柔的微笑。我還以為聖哉會為伊希絲妲大人安排他和克羅諾亞大人修練一事道謝，沒想到他劈頭就說：「我想用水晶球查看過去的阿爾特麥歐斯戰。」

「我要針對魔王戰做沙盤演練。老太婆，就算畫面很血腥，也拜託妳別剪掉。」

「我知道了……」

伊希絲妲大人把手放在房內的大水晶球上，球裡就映出了魔王變成最終型態，屠殺聖哉和緹雅娜公主的場面。即使那景象令人不敢直視，聖哉仍盯著不放。等播放完後，聖哉用手指碰水晶球，讓畫面倒帶，再繼續目不轉睛地看。

「你、你要看幾次呀？」

「看到我滿意為止。不過這個沙盤演練也不知道能不能派上用場，畢竟那傢伙恐怕已經進化到另一個次元了。」

……他就這樣連看了十次，看到太陽下山，房內也變暗了。

「我說聖哉……你這樣會把眼睛搞壞喔。」

「即使這樣我還是要看。」

伊希絲妲大人小心翼翼地對聖哉開口。

「不然這樣好了，這水晶球就暫時借你吧。」

「那真是幫了大忙。我要借一星期，可以嗎？」

「咦……一、一星期嗎……好、好吧……我知道了……」

——喂，這又不是租ＤＶＤ！你水晶球是要租多久啊！都嚇到伊希絲妲大人了啦！

不過聖哉仍面不改色地把水晶球抱在腋下，並對伊希絲妲大人發問。

「我也順便問問妳的看法好了。假如魔王的力量蓄積完成，會出現攻擊力超過兩百萬之類的變化嗎？」

「就算魔王再怎麼厲害，也終究是生命體。我不認為他的能力值會大幅超越將狂戰士狀態提升至極限的你。」

「這樣啊。」

「不過，我還是有點不安，我覺得可能會有某種跟能力值無關……超乎常理的事發生……」

「關於那一點，我會盡量想出對策。」

聖哉說完轉身離去。我向伊希絲妲大人行了個禮後，也跟著走出房間。

「那、那個，聖哉，你分析魔王要花多久時間？」

「要花上一段時間。等準備好了，我會跟妳說。」

「這樣啊……嗯，我知道了。」

這也關係到我的性命，沒理由催他快點，所以我就這樣和聖哉分開了。

在那之後又過了幾天。

今天在神界的廣場上，雅黛涅拉大人也一樣在跟姜德和殺子以劍對打。雅黛涅拉大人忽然停下動作，咧嘴而笑。

「嘻嘻嘻嘻嘻嘻，做、做得很好。連、連擊劍的修練就到、到此結束。」

「謝謝您！」

「殺、殺子，妳、妳已經是我、我的徒弟了。」

殺子被雅黛涅拉大人摸頭，模樣顯得很開心。我也跑到殺子和姜德身邊。

「你們兩個都學會連擊劍啦！」

「是的！」

「妳好厲害喔，小殺！姜德，你也表現得不錯呢！」

「……喔。」

「嗯？怎麼了？你表情好鬱悶喔，不開心嗎？」

「女神，勇者他現在在做什麼？」

「聖哉正在透過水晶球分析過去的魔王啊。」

「分析嗎？可是，我們來神界都已經十天了。」

「啊……已經過那麼久了嗎……」

經姜德這麼一說，我才想到這好像是他第一次在神界滯留這麼久。之前聖哉基本上都會訂出一段時間來修練，一次最長也不過三四天。

「沒、沒關係，反正統一神界的時間過得很慢啊！」

「即使這樣也該有個限度吧，目前伊克斯佛利亞還有很多人在魔王的統治下受盡折磨呢。」

姜德是伊克斯佛利亞的居民，我當然了解他的憂慮。

「不過，畢竟他要面對的是魔王戰，你就讓他盡可能做好所有準備吧。」

「唔……」

我正在安撫姜德時，剛好看到聖哉走在遠方。

——奇怪，聖哉不是在分析水晶球嗎！

要是這時被姜德看到，姜德鐵定會生氣，我於是偷偷地離開咖啡座，獨自跟蹤聖哉。

既然對象是聖哉，想必會隨時對周圍保持警戒，所以我跟蹤他時一直保持非常充分的距離。總覺得我好像也變得有點謹慎了。

……我追著聖哉，來到隱遁神山的山腳下。在空無一人的荒地上，排列著許多石碑。沒錯，聖哉的目的地正是陰森的神界墳場。而現在在聖哉面前的，是額頭上戴著三角巾的幽神奈菲泰特大人。

——事到如今還來找奈菲泰特大人做什麼？他明明已經完全掌握幽滅靈劍了啊……

我躲在樹下，從遠方觀察情況。聖哉對奈菲泰特大人開口。

「奈菲泰特，我想跟妳聊一下。」

「怎麼了？」

「以前妳說過有厭倦永恆的生命，刻意選擇死亡的神吧？」

「喔喔，你是指『永倦神』吧。」

「如果死了，寄宿在體內的靈魂會怎樣？」

「世間萬物會不斷循環。不管是人、神，甚至魔物的靈魂也一樣，被鎖鏈囚禁的靈魂一旦獲得解放，就能變得自由。」

「會重新投胎轉世嗎？」

「那就不得而知了。有的靈魂會，也有的不會。但如果不先一死，一切都無法開始。比起一直被鎖鏈困住停滯不前，這要好上太多了。」

「原來如此。」

聖哉轉身離開奈菲泰大人。我看著他的背影，忍不住倒吞口水。

——這、這下肯定沒錯！他是在思考我死後的事！

死亡旗如怒濤般來襲，讓我面色如土，雙腳發軟。

第六十一章　覺醒與覺悟

雖然死亡旗如千斤重擔壓在肩上，這一天的神界卻是風和日麗，晴朗無比。姜德和殺子在不遠處空揮木刀，阿麗雅和雅黛涅拉大人則坐在咖啡座的戶外座位，邊喝賽爾瑟烏斯端來的紅茶邊談笑風生。

在一片祥和的日常風景中，阿麗雅的動作卻突然變得僵硬。我感到周圍的氣氛瞬間緊繃起來。

「怎麼了，阿麗雅？」

我靠近阿麗雅詢問，她用嚴肅的眼神看向我。

「莉絲姐，伊希絲姐大人要我傳話，請妳現在馬上去她的房間。」

「好、好的！我知道了！」

我立刻趕去伊希絲姐大人在神殿的房間，心臟鼓動得十分劇烈。

用力打開門後，伊希絲姐大人收起平時的和藹面容，以莊嚴的口吻對我說：

「伊克斯佛利亞的魔王阿爾特麥歐斯覺醒了。」

——唔！這、這一天終於來了……！

畢竟是「在這個時間點被伊希絲妲大人叫去」——我當然對這消息早有心理準備。即使如此，我緊張的情緒仍處於ＭＡＸ狀態。

「之前都用霧靄遮蔽自己的魔王，竟然暫時讓自己的行蹤曝光，感覺就像他知道我在觀察他，於是主動通知我他醒來了一樣……」

「我、我、我這就去告訴聖哉這件事！」

「要找龍宮院聖哉的話，他現在人在廣場上。」

我向伊希絲妲大人道謝，然後衝出房間。

正如伊希絲妲大人的千里眼所見，聖哉正在廣場和我沒見過的男神交談。

「……不，咱只是酒神，這種事咱就不知了。」

他似乎在向體型福態的酒神打聽事情，不過現在情況緊急，我只好打斷他們的對話。

「聖哉！伊希絲妲大人聯絡我，說魔王終於覺醒了！」

「這樣啊。」

酒神用手指搔搔臉頰。

「你那邊好像事態很嚴重呢，那咱就先告辭了……」

酒神離開後，我立刻向聖哉提議要打開通往伊克斯佛利亞的門，但聖哉卻靜靜地搖頭。

「還不行。」

「咦！你不去嗎？」

「再等一下。」

我很驚訝。我以為他聽到魔王覺醒後，就會馬上出發了。

「是、是嗎？喔，好吧，那就再等一下……」

如果聖哉還沒做好準備，我打算等到他說可以為止，不過……

「勇者，所謂『再等一下』是要等多久？」

這時有個嚴肅的聲音響起。我回過頭，發現姜德和殺子站在面前，他們似乎聽到我們的對話了。

「怎、怎麼了，姜德？幹嘛表情這麼凶啊？」

姜德舉起手制止我，並對聖哉說：

「看過你之前戰鬥的方式後，我很清楚你絕不會輕易採取行動。我也聽說上次之所以會失敗，原因是出在你想快點拯救伊克斯佛利亞，導致行動過於倉促。但即使這樣我還是要說，最近的你感覺像是毫無意義地在神界虛耗光陰。」

「聖、聖哉才不會漫無目的地留在神界呢！」

我回頭對聖哉說：「你說對吧！」聖哉卻不發一語。

「剛才他也是那樣，跟酒神像是在閒聊一樣的談論著靈魂什麼的。在我聽來，那些都不是打倒魔王必要的對話。」

依聖哉的性格，他可能會用「吵死了，閉嘴」堵回去，或是往姜德頭上倒紅茶。我想到這裡不禁提心吊膽，不過聖哉卻像要逃避姜德的視線般背對著他。

「……等準備好了，我會跟你們說的。」

聖哉出乎我的意料，只留下這句話便揚長而去。姜德「嘖」了一聲，這時殺子喃喃開口。

「我覺得聖哉先生……好像在等待什麼。」

「『等待什麼』？小殺，妳是指什麼？」

「我不知道，可是我就是有這種感覺。」

殺子在這種時候的直覺很敏銳，但我也跟殺子一樣，不太明白聖哉在等待什麼。

當天晚上，我也像平常一樣在賽爾瑟烏斯出借的房間裡，跟殺子一起躺在床上。

「莉絲妲小姐……」

在黑暗的房間中，身旁的殺子突然對我說話。

「怎、怎麼了，小殺？」

「我……只要跟莉絲妲小姐在一起，每天都過得很開心。姜德先生很想盡快拯救伊克斯佛利亞，而我當然也有同樣的心情……不過另一方面，我也希望這快樂的日子能一直持續下去。」

殺子沉默片刻後，看似難為情的搔搔頭。

「我這麼想……是不是很輕率……？」

「才不會呢，我也是這麼想的。好想就這樣一直幸福地過下去。」

這毫無疑問是我的真心話。

「莉絲妲小姐，我在巴拉庫達大陸陷入沮喪時，妳曾跟我說：『妳是乖孩子，一定會有很棒的未來在等著妳。』對吧？」

殺子握住我的手。她明明是機器，感覺卻很溫暖。

「只要莉絲妲小姐您一直充滿活力，就是我最大的幸福！」

「小殺……！」

我聽得胸口發熱，同時也深感羞愧。

小殺總是擔心別人勝過自己，反觀我明明是女神，卻老是只擔心自己的事……

這時忽然有個念頭在我心中浮現。

在我內心的某個角落，也和殺子一樣逃避著魔王戰。因為只要去了，就必須面對「自己可能會被殺」的恐懼。可是……如果聖哉看穿了我的心情呢？

——如果是這樣的話……那「聖哉等待的」一定就是……！

第二天，我獨自前往伊希絲妲大人的房間。

「伊希絲妲大人，我有事要拜託您。」

我當著大女神的面，用堅定的語氣說：

「在迎戰魔王阿爾特麥歐斯的過程中，聖哉可能會再次用到瓦爾丘雷大人的最終破壞術式『天獄門（Walhalla Gate）』，到時我會執行神界特別處置法救聖哉。即使之後必須接受至深神界更重的處罰，我也在所不惜……」

伊希絲妲大人沉默片刻後，一臉嚴肅地點了頭。

「妳的決心我了解了。萬一那個時刻真的到來，我也會批准妳的請求。」

「謝謝您。」

我接著抬頭挺胸，對伊希絲妲大人做出宣言。

「就算賭上性命，我也要打倒阿爾特麥歐斯，拯救伊克斯佛利亞！」

「賭上……性命嗎……」

「是的！我是女神！只要能拯救世界，即使犧牲生命也不足惜！」

「莉絲妲黛……」

「當然，我不會主動求死！遭瑟蕾莫妮可詛咒時，聖哉曾對我說：『不要輕言放棄，繼續抵抗到最後一刻。』」

我試著把煩惱了一晚後下定的決心化為言語。現在，我的恐懼已經消失，心情變得清爽無比。

我對伊希絲妲大人微微一笑，並深深一鞠躬，便離開了房間。

在賽爾瑟烏斯咖啡座裡，聖哉正坐在戶外座位的椅子上，雙手抱胸閉目養神。即使他散發出拒人於千里之外的氣場，我仍毫不猶豫地走上前去。

「聖哉，你還沒準備好嗎？」

「我有說過吧，等到可以出發時，我會通知妳的。」

做了個深呼吸後，我提高嗓門對聖哉說：

「我已經有所覺悟了！無論是什麼命運，我都願意接受！」

聖哉忽然盯著我看。過了一會兒後，我發現他的視線也同時望向我的背後。

我回頭一看，原來姜德和殺子就在我的背後。他們兩人都用嚴肅的表情看著聖哉。

「勇者！我早就有所覺悟了！」

「我、我也是！」

聖哉沉默片刻後又瞪向我。即使如此，我也沒有因為他強悍的眼神而退卻。我將堅定的意志化為言語，對聖哉傾訴。

「聖哉！去打倒魔王吧！我們要拯救當時沒救成的伊克斯佛利亞！」

「聖哉先生！」

「勇者！」

——打倒阿爾特麥歐斯，奪回那個能讓卡蜜拉王妃和殺子安心居住，充滿和平的伊克斯佛利亞！沒錯，為了達成這個目標，就算要我粉身碎骨也無所謂……！

「我們走吧，龍宮院聖哉！這是為了百年後，甚至兩百年後的伊克斯佛利亞！」

不久後，聖哉猛然起身。他依序看了殺子、姜德和我後，把銳利的視線投向神界的天空。

「一切準備就緒。」

……我心頭一顫。

之前在蓋亞布蘭德的魔王戰時，聖哉並沒有說這句台詞。

不過，這一次，聖哉將每次說完都能確實打倒敵人的這句話，大膽地說出了口。

第六十二章　絕對者

聽到聖哉這麼說，我立刻確定他是在等我下決心。換句話說，這幾乎註定我終將一死。不過我並沒有那麼害怕，現在的我沒在考慮自己的生死，心中只有想拯救伊克斯佛利亞的滿滿熱情。

「聖哉！伊希絲妲大人已經給予許可！我最多能在距離魔王城一公里的地點開門！」

「好。」

我詠唱咒語叫出門，姜德和殺子也顯得有些亢奮。

「好！我們走吧，勇者！去拯救伊克斯佛利亞！」

「這、這是最終決戰了吧！」

不過聖哉還沒進門就先往地上一踏，神界廣場的地面忽然隆起，大量魔巨像如殭屍般爬了出來！

「在跟魔王決戰前，可能會出現許多小嘍囉和幹部等級的強敵，這種時候我會盡量用這些魔巨像解決敵人，以保留體力。到達現場後，我打算再製造更多魔巨像。」

聖哉對數量多達數百的魔巨像下達指示，魔巨像把門打開，魚貫走進門裡。

不只我、姜德和殺子，廣場上的眾神看到魔巨像也大吃一驚，其中還包括跟聖哉一起團體修練的雷神歐蘭德大人和風神弗拉拉大人。

「真是的，明明是最終決戰，結果打頭陣的竟然是魔巨像。」

「算了，這樣也很符合這個勇者的風格呢。」

他們帶著苦笑為我們加油，阿麗雅和雅黛涅拉大人也在附近，阿麗雅握住我的手。

「莉絲妲……加油……！」

「嗯！」

「殺、殺子、姜德，不、不要勉強。連、連擊劍用來保護自己就好。基、基本上，交給聖哉應該沒、沒問題的。」

「知道了！」

「受妳關照了，軍神！」

賽爾瑟烏斯也來跟殺子和姜德握手。

「我會祈禱你們平安無事的！你們可是賽爾瑟烏斯咖啡座重要的打工仔啊！」

「賽爾瑟烏斯先生，謝謝您！我們要出發了！」

我們正在互道珍重時，廣場上的最後一個魔巨像穿過了門。

「……好，那我們也出發吧。」

聖哉頭也不回地走向門，我們則一邊笑著朝送行的眾神揮手，一邊走上決戰的戰場。

穿過門後，空氣頓時變得溼熱。抬頭往上看，天空彷彿瀰漫著邪氣，染成混濁的紫色。看似高聳入雲的巨大城堡矗立在前方，魔王城像生物一般散發出黑色瘴氣。

「那就是魔王居住的城堡嗎……！」

「阿爾特麥歐斯就在那裡吧！」

雖然知道該往哪個方向走，我仍舊戰戰兢兢地對聖哉說：

「我、我說聖哉……這樣看不到周圍的狀況……」

我們現在被剛才先穿過門的大量魔巨像團團包圍，因為視線被魔巨像擋住，讓我們看不清楚前後左右有些什麼。

聖哉之前還說一到現場就會增產魔巨像，結果現在卻自己跳到其中一具魔巨像的背上，觀察著四周。我也很好奇，於是從魔巨像之間鑽出頭，勉強看見了周遭的狀況。

「這、這是怎麼回事……！」

許多怪物倒在魔王城附近的荒野之上，除了在賢者之村看過的惡魔神官外，還有其他長相奇形怪狀，一看就知道不是人類的怪物趴在地上。

「他們……死了嗎？」

從我身旁窺伺的姜德這麼說。四周的確瀰漫著屍臭味。

「我來確認是不是真的死透了。」

聖哉對幾個魔巨像下達指示。當那些魔巨像對倒地的怪物又戳又翻時，聖哉則閉上眼睛，他似乎能連結上魔巨像的眼睛。

「我驗了幾具屍體，確實都斷氣了，體內看起來也沒設下任何陷阱。」

姜德摸著鬍鬚說：

「簡直就像有其他人先攻進魔王城了。」

「咦咦！這代表除了我們外，還有其他友軍嗎？」

難道是伊克斯佛利亞倖存的人類來助陣嗎！我不禁為此高興……

「可、可是，請看這具屍體！好過分……！」

經殺子這麼一說，我又重新審視倒地的怪物。有的屍體沒了頭或手腳，也有的內臟灑落在周圍。我感覺下手的人似乎對於虐殺樂在其中，頓時寒毛直豎。

「總之我先用無限落下埋了屍體，不然變成不死者復活也很麻煩。」

聖哉讓倒地的屍體掉入地下後，跟魔巨像一起朝魔王城進軍。魔巨像圍繞著我們，防止怪物從各個方向攻來，但一路上卻不見任何怪物襲擊過來。我們一邊將途中看到的怪物屍體用無限落下埋好，一邊朝魔王城前進。

「……先在這裡停一下。」

魔王城大門敞開，彷彿要張開血盆大口吞噬我們。聖哉在距離城門幾十公尺處停下腳步，把手貼上地面。大約一百個魔巨像眨眼間冒了出來，往左右一字排開。他留下十幾個護衛用的魔巨像，讓剩下的魔巨像包圍了城堡，又從土屬性魔法戰士轉職成火屬性魔法戰士，製造出數十隻火焰魔法鳥鳳凰自動追擊（Automatic Phoenix）。那些鳳凰用腳抓起聖哉從地面造出的「炸彈石」，朝魔王城飛去。

「你、你要做什麼？」

「轟炸。」

「轟炸嗎！」

我這才發現那些包圍魔王城的魔巨像手上，也同樣抱著炸彈石。

「……同時發射（Fire）。」

隨著聖哉一聲令下，魔巨像一起朝魔王城投擲炸彈石！另外，在高空飛翔的鳳凰自動追擊也跟著扔下炸彈石！

照理來說，炸彈石的轟炸應該會讓魔王城陷入火海，但有個尖銳的聲音在擊中時響起，並出現藍白色的牆罩住了城堡。煙塵消散後，魔王城依舊健在，毫髮無傷。

「城堡外似乎布下了結界！攻擊都無效！」

「哼，可以說跟我預想的一樣，果然還是要我親自攻入魔王城打倒他才行。」

「呃，這個，那是當然的吧。我從沒聽過用什麼『轟炸』來討伐魔王的……」

雖然姜德感到傻眼，不過把所有能試的方法都事先試過一遍，倒也很符合聖哉的風格。

聖哉讓魔巨像打頭陣，自己也朝魔王城前進。這時他突然喃喃開口。

「狀態狂戰士・第二階段。」

聖哉的身體被紅黑色的靈氣包圍！我嚇了一跳，往四周張望！

「有、有敵人嗎！」

殺子和姜德也進入備戰狀態，但四周依然只見怪物的屍體。

「不，我只是提早做好戰鬥的準備而已。」

「我說，你可以先講一聲再做啊！哪有人一聲不吭就突然變成狂戰士的！」

「閉嘴，殭屍，這不重要，接下來我們要從那扇門進去。雖然走正門非我所願，但現在也只能讓魔巨像走前頭，邊留意四周邊前進了。」

當我們以這種方式好不容易抵達魔王城的城門時，果然又看到了兩隻長相凶惡的怪物倒在地上，死狀悽慘。殺子抓住我的洋裝下襬。

「這些怪物該不會就是城門的守衛吧？」

「好、好像是……」

聖哉依舊神情漠然地用無限落下將怪物扔到地底……但這個連門口守衛都慘遭殺害的異常狀況，讓我心中的不祥預感逐漸膨脹。

——是魔物之間鬧內鬨嗎？魔、魔王城內究竟發生了什麼事？

「現在開始直搗魔王城。」

把門口守衛的屍體扔進地下後，聖哉這麼說。雖說是直搗，但打頭陣的當然還是魔巨像，感覺就像我們是跟著魔巨像的隊伍走一樣。等闖進城內後，我又馬上大吃一驚。

「咦咦咦……！」

在微弱的燭光照射下，我看到魔王城的石造大廳也滿是怪物的屍體，有身穿盔甲的不死者還有龍等等。這些魔物看似強大，卻都面目全非地倒在地上，連城中也是這般慘況，讓我越看越一頭霧水。

因為在城內無法使用無限落下，聖哉便轉職成火魔法戰士，邊仔細地燒光屍體邊前進。雖然腳步被拖慢，但這個不起眼的步驟曾在死皇戰中發揮作用，我們對那一次戰鬥仍記憶猶新，所以毫無怨言地同意了聖哉的行動。

我們以緩慢的速度在城內前進。城裡的螺旋梯高聳入天際，周圍也能看到許多房門。

「這棟城堡非常廣闊，構造也很複雜呢。」

「先爬上那座樓梯。」

即使如此，聖哉卻彷彿有著地圖般，毫不遲疑地繼續挺進。

「接著走這個房間，再來走那裡的通道。」

「我……我說聖哉，你怎麼會知道路呢？」

「我發動了特殊技能『占卜術』，直覺告訴我要往這裡走。」

「這樣啊！原來『占卜師』並不是廢職業呢！」

但走了一會兒後，我愣住了。眼前竟然是堵牆。

「聖、聖哉！此路不通耶！」

「嗯，成功率大概六成嗎？果然是占卜，有時準有時不準。」

「「「咦咦————……」」」

雖然偶爾也有像這樣出錯的時候，不過總體來說，感覺上前進的速度還是滿快的。而且這裡是魔王城，很可能設下了許多陷阱，所以我們能一路平安地走下去，或許也是託占卜技能的福吧。

我們經過形似惡魔的雕像，爬上長長的階梯，走在蜿蜒曲折的通道上。一般來說，在魔王城裡，應該會跟強大的怪物群展開激戰，但到了這裡依然不見任何怪物來襲。

……不久後，眼前出現一扇有著恐怖裝飾的巨大門扉。聖哉在門前停下腳步。

——這、這個房間是……！

我的女神直覺感應到房內充滿了令人厭惡的邪氣，殺子也用顫抖的聲音開口。

「我、我感覺到了！魔王一定就在這裡……！」

我對殺子點頭後，偷瞄聖哉的反應。

——以聖哉的性格來看，他或許會說「你們在這裡等」吧！可、可是，我也是抱著賭上性命的決心而來！不管他怎麼說，我都要跟進去！

但聖哉卻用嚴肅的眼神看向我。

「走吧，莉絲妲，跟我來。」

「咦？」

「妳有義務要旁觀這場戰鬥。」

「好、好的！」

——奇怪……？難道他終於稍微承認我是女神了嗎？

我瞬間感受到的喜悅，在魔巨像打開沉重門扉的同時消失無蹤。

這個鋪滿血紅地毯的空間，比塔瑪因的王座之間更寬廣，瀰漫著一股陰暗頹廢的氣氛。不過，在走進魔王之間的瞬間，比什麼都更吸引我的目光的是……

「屍、屍體！這裡也有！」

廣闊的魔王之間也跟外面一樣，躺了許多魔物的屍體。而在那些屍體的前方，有個身影佇立在遠處的窗邊，往窗外仰望。

聖哉舉起一隻手，對我們下達指示。

「你們別動，躲在魔巨像後面就好。」

「我、我知道了，我不會妨礙你戰鬥，但如果有需要，隨時都可以叫我喔。」

我凝視窗邊的人影。對方身材纖瘦，穿著黑色長袍，拿著手杖。那個人影頭也不回地說：

「有不少魔巨像正包圍著城堡呢。我——阿爾特麥歐斯過去也曾有過這樣的時期。我建起牢固的魔王城，創造出獸皇、機皇、怨皇、死皇等強大的部下……」

那是帶著知性的冰冷聲音。不久後，那個身影緩緩轉向聖哉。

「這感覺真不可思議，沒想到還會再見到過去殺掉的人啊。不過話雖如此，你似乎並沒有當時的記憶呢。」

——那、那是……魔王阿爾特麥歐斯……？

在伊希絲妲大人的水晶球裡看到的阿爾特麥歐斯，是個有綠色皮膚，血盆大口，手腳共有八隻，外型醜惡又巨大的怪物。但現在在眼前的他，模樣卻截然不同，除了膚色稍微泛綠之外，看起來就像個纖瘦的人類男性。

「得到絕對的強大後，就完全不需要部下了，所以我就拿他們來測試我的新能力——雖然不知道他們是否死得心甘情願就是了。」

「！是、是你殺了魔王城的所有魔物嗎！」

我忍不住吼道。魔王阿爾特麥歐斯乾笑一聲後回答：「沒錯。」

「你們能來到這裡，值得誇獎，不過很遺憾，這根本成不了一場像樣的戰鬥。」

魔王阿爾特麥歐斯朝我們這裡走來。

「我明白自大會帶來失敗，但這可不是輕敵。畢竟成人是絕不可能輸給嬰兒的……」

魔王邊說邊靠近我們，我身旁的聖哉也朝魔王前進一步。

——聖哉！

最後一戰的引信已經點燃……就在這緊張的一刻，我目睹到難以置信的光景！有道紅色軌跡從走來的阿爾特麥歐斯左邊橫砍過去！映入我的眼角餘光的，竟是身纏狂戰士靈氣的聖哉！

聖、聖哉有兩個！不，朝魔王走去的聖哉身上沒有靈氣！

聖哉大概是趁魔王看著窗外，我們的視線也集中在魔王身上時，用土人偶將自己掉包的。無論是瞬間移位，還是從死角發動突襲都是很有聖哉風格的攻擊方式！但這時響起一陣尖銳的聲音，聖哉的劍被無形的牆給彈開！

「……呵呵呵，我已經把一條命奉獻給邪神了。」

魔王悶笑幾聲，將長袍掀起。

「邪法之始（Stage One）……『魔法攻擊限定領域（Formed Magician）』。現在只有魔法對我有效。」

「只有魔法有效嗎！」

我發動能力透視，以確認他所言是否屬實，但看到的只是一片雜訊，無法確認阿爾特麥歐斯的能力值。

「來，我們用魔法對決吧。勇者啊，展現你的魔力給我看看。」

魔王用愉快的語氣開口，並舉起魔杖。魔杖周圍的空間產生扭曲。

「……奔馳的闇之旋風（Dark Wind）。」

突然有股黑色瘴氣從手杖往外擴散，襲向聖哉！一股恐懼在我體內流竄！那魔法裡一定含有連鎖魂破壞！

不過聖哉倒是跟平常一樣不動如山。

「職業轉換。轉職成風魔法師。」

聖哉變換職業，將右手舉到自己面前。

「風壓障壁（Wind Shield）。」

他發動跟風神弗拉拉大人修練時學會的招式！風的防護罩覆蓋聖哉的周圍，也覆蓋他背後的我們！進逼而來的黑風避開我們，往後面擴散開來。畢竟是強大的魔王施展的魔法，包括聖哉拿來當替身的土偶在內，周圍的幾個魔巨像，以及倒地的魔物屍體全都瞬間化為塵埃。我看到這副景象，不禁背脊發涼。

「哦，你以前戰鬥時還只會火焰魔法……沒想到現在也會風魔法了。那麼，這一招你又要怎麼對付呢？」

阿爾特麥歐斯用手杖畫圈。

「……迸射的闇之雷動（Dark Lightning）。」

手杖立刻射出漆黑雷光！黑色的電流軌跡劃破空氣，逼近聖哉！

——竟、竟然能同時使用風和雷兩種魔法？伊克斯佛利亞明明是魔法體系分工精細的世界，他居然能操縱複數體系的魔法嗎！

聖哉每次都得先轉換職業，才能使用不同體系的魔法，這狀況對他來說可是壓倒性的不利……

「職業轉換。轉職成雷魔法師。」

聖哉立即轉職為雷魔法師！跟歐蘭德大人修練時學會的雷魔法從他手上射出，跟漆黑的雷擊互相抵銷！可是魔王又緊接著使出風魔法！

「聖哉！」

我急得大叫。

「職業轉換。風壓障壁。」

聖哉再次轉換職業，面不改色地防禦魔王的魔法。

「職、職業能變換得那麼快嗎！」

「嗯，這是跟商業之神修練時學到的『高速職業轉換（Quick Job-Change）』。」

「！那個感覺很沒用的修練原來有用嗎！」

儘管自己的魔法沒對聖哉造成傷害，阿爾特麥歐斯的語氣裡仍充滿佩服。

「你挺有一套的。不過，如果是跟你擅長的火焰魔法完全相反的冰結魔法，你也應付得了嗎？……落下的闇之冰柱（Dark Icicle）。」

在魔王之間挑高的天花板上，瞬間出現幾十根黑色冰柱！

「這、這數量太多了！要是統統砸下來，不被刺穿才怪！」

「聖哉先生！」

姜德和殺子大叫。

「職業轉換。火魔法師。」

聖哉若無其事地用腳尖一踢地板，地板上就到處竄起火柱！數量跟天花板的冰柱一樣多達幾十根的火柱逐漸變形成銳利的武器！

——簡、簡直就像長槍……！這一定是將火焰魔法和長槍的修練結合在一起的成果！

阿爾特麥歐斯將高舉的手杖往下一揮！無數冰柱立刻如暴雨落下！不過……

「鳳凰幻槍（Phoenix Spear）。」

聖哉喃喃開口的同時，炎之槍如飛彈一齊發射，在空中迎戰黑色冰柱！大多數冰柱在砸到聖哉前就先被消滅了。

「做得不錯，但數量似乎稍嫌不足呢。」

阿爾特麥歐斯發出訕笑。聖哉的鳳凰幻槍已經全部射光，空中卻還有冰柱殘留！

「接招吧……落下的闇之冰柱。」

幾根黑色冰柱以更快的速度飛向聖哉，貫穿他的身體！

「聖、聖哉！」

我忘情大叫！但理應被冰柱貫穿的聖哉卻化為沙土！

「不要緊的，莉絲妲小姐！那是土人偶！」

「是、是嗎？太好了……咦、咦咦咦咦咦咦咦！」

我放聲尖叫！四周不知何時冒出一堆聖哉！一個、兩個、三個……超過了十個！

「這些全是土人偶嗎！可是這附近又沒有土，要怎麼做出這麼多土人偶！」

「一定是護衛用的魔巨像吧！聖哉先生用變化之術把它們變得跟他一模一樣了！」

原來如此！這麼說來，原本四周有很多魔巨像，現在數量變少了！

「是快速換位之術嗎？那只能全打壞了。」

闇之冰柱再度成形，朝聖哉的土人偶降下！阿爾特麥歐斯發動的攻擊讓行動遲緩的土人偶一個個遭到破壞！

「嗚嗚……！」

想到那其中可能有真正的聖哉，我就擔心得不得了。但這時阿爾特麥歐斯突然停止了動作，視線往下。

在阿爾特麥歐斯的腳邊，有具少了一隻腳，臟器外露的怪物屍體。原本倒在地上死狀悽慘的屍體，竟用手牢牢抓住阿爾特麥歐斯的腳踝。阿爾特麥歐斯還來不及用手杖指向屍體，屍體就搶先開口了。

「……接觸雷擊（Thunder Stroke）。」

阿爾特麥歐斯的身體頓時像被雷擊中，發出啪嘰啪嘰的電流聲！這時腐朽的怪物站起身來，眨眼間變回聖哉的樣子！

「！你、你一直在扮屍體嗎！」

「沒錯，而且我還用強烈雷擊讓他暫時麻痺了。機不可失，這就來收拾他。」

聖哉接著變成火魔法師，朝觸電後無法動彈的阿爾特麥歐斯使出爆殺紅蓮獄！烈焰包圍魔王，聖哉朝天空舉起雙手！

「鳳凰幻槍。」

正如之前魔王的冰柱一樣，這次換聖哉的火槍出現在天花板上！無數火槍朝魔王傾盆而下！長槍在突刺的同時噴出火焰！阿爾特麥歐斯的周圍立刻化為熱氣蒸騰的火海！

「幹、幹掉他了嗎！」

姜德一邊用手臂護著臉，以免被高溫熱氣灼傷，一邊喃喃地這麼說。然而……即使身陷熊熊烈焰，阿爾特麥歐斯依舊發出訕笑！

「呵呵呵，是致命傷呢。真是優秀的魔力。」

在猛烈的火勢中，阿爾特麥歐斯的身體慢慢化為焦炭。雖然他說「是致命傷」，語氣卻顯得老神在在。

「那我就把兩條命獻給邪神吧。」

他這麼說完，原本逐漸化為焦炭的身體開始膨脹變大！

「怎麼可能……！他是不死之身嗎？」

「他、他又……改變型態了！」

姜德和殺子用顫抖的聲音說。當火焰消失時，阿爾特麥歐斯已經變成渾身肌肉的魁梧巨漢，模樣類似穿著盔甲的獨眼巨人。

「邪法之更（Stage Two）……『物理攻擊限定領域（Formed Fighter）』。接下來所有魔法都對我無效，讓我見識一下你的徒手攻擊吧。」

第六十三章　超越者

現在站在聖哉面前的，是變成專精徒手攻擊型態的魔王阿爾特麥歐斯。

「……滅魂的闇之拳（Dark Assault）。」

阿爾特麥歐斯舉起被黑霧包圍的結實手臂，擺出備戰姿勢。那條手臂顯然帶了連鎖魂破壞。

我看他身形龐大，以為他的動作會很遲鈍，不料到了下一秒，阿爾特麥歐斯已經逼近聖哉眼前，將一隻手臂高高舉起。

——這、這速度也太快了吧！聖哉！

但阿爾特麥歐斯低吼著揮下拳時，打到的卻只有空氣。聖哉的身影又忽然從我的視野中消失了。

「閃過了嗎？」

阿爾特麥歐斯喃喃自語。而在他的視線前方，聖哉正在遠處像深呼吸般吐氣。

「狀態狂戰士・第二・七階段……」

聖哉將狂戰士狀態提升到自身的最大極限！一股紅黑色靈氣從他身上猛然噴發！

「哦，靈氣增加了呢。那就是打倒葛蘭多雷翁的力量嗎？」

聖哉和阿爾特麥歐斯面對面對峙著，彼此都在尋找發動攻擊的時機。接著雙方的身影突然從我眼前消失！激烈的搏鬥聲忽然傳進耳裡，把我和殺子都嚇得渾身一震！

我看到聖哉避開阿爾特麥歐斯的拳頭，以及阿爾特麥歐斯用手臂擋下聖哉拳頭的片段畫面。但隨著時間過去，兩人的亂拳逐漸加速，快到肉眼只能看見紅黑兩股靈氣在互相衝撞。

在某個格外巨大的聲音爆出後，我看到他們在遠方面對面站著。總而言之，看到聖哉平安無事讓我鬆了口氣。而另一方面，阿爾特麥歐斯的手臂則變成了紅黑色。

「我肉體的防禦力堪稱銅牆鐵壁，你卻能對我造成傷害，這究竟是怎麼辦到的？」

「我把破壞神教我的招式加在拳頭上，破壞術式發動時能超越對方的防禦力。」

「原來如此、原來如此。那我也要拿出真本事了。」

阿爾特麥歐斯才說完，身體又產生變化！在他原本的手臂下方，沾滿體液的新手臂戳破肌肉冒了出來！

看到阿爾特麥歐斯變成四條手臂，我們全都膽戰心驚。

「唔！勇者都拿出真本事了！結果魔王卻還沒使出全力嗎！」

四臂魔王朝聖哉發動猛攻！不祥的預感襲上我的心頭！

——嗚嗚！聖哉！

……在紅黑兩股靈氣交錯的同時，一個有別於之前的搏鬥聲，感覺有點詭異的聲響傳入耳裡。

我觀察著他們的動向，心臟不住狂跳。首先映入眼簾的是聖哉。

——太、太好了，他沒事……咦，等一下，那是什麼！

聖哉握在手上的東西讓我感到錯愕。那閃耀銀光，狀似鋸子的刀身——正是聖哉的殺手劍。

「做、做得好啊……！」

我聽到身旁的姜德發出讚嘆，接著將視線移向阿爾特麥歐斯。什麼！阿爾特麥歐斯的脖子上竟然空空如也！他的頭顱掉到腳下，紫色血液從砍斷的脖子噴濺出來！

不會錯的！是聖哉用殺手劍砍掉了阿爾特麥歐斯的頭！……咦，他竟然用劍砍？阿爾特麥歐斯不是說要用徒手攻擊定勝負嗎！算、算了，既然劍能造成傷害就用嘛！反正我們也沒必要配合魔王的遊戲！

「……呵呵呵，好過分的傢伙。」

但魔王的笑聲響起，聽得我寒毛直豎！掉在地上的魔王頭顱笑著對聖哉說話，無頭的身體也動了起來，撿起掉落的頭部並裝回原位。之後頭和身彷彿熔接般合為一體。

「真的假的！攻擊竟然無效嗎！」

我一叫，聖哉就神情漠然地回答：

「從剛才到現在，我都一直在殺死魔王，但他的命不只一條。」

——以前阿爾特麥歐斯就有兩條命！他在力量提升後，究竟變成幾條命了？

我不免心驚膽戰，聖哉卻不當一回事地說：

「無所謂，來幾條我都照殺不誤。」

「哦，口氣很囂張嘛。那我就把三條命獻給邪神吧。」

怎、怎麼這樣！又要改變形態了嗎！

「邪法之變（Stage Three），『靈體攻擊限定領域（Formed Ghost）』。」

原本虎背熊腰的阿爾特麥歐斯的皮肉竟然開始溶解！從中出現的是長角的漆黑骷髏！那模樣十分眼熟，酷似死皇席爾修特的最終型態。

「這次的身體，靈體攻擊以外的攻擊都起不了作用……對了，為了不讓你再耍之前的手段，我要把領域再擴展一個層級。」

——咦！他、他剛才說什麼！

魔王高高舉起只有骨頭的手。

「再把四條命獻給邪神……」

骷髏胸前的肋骨隨著傾軋聲打開，裡面竟然又有一個長角的頭骨！那模樣結合了死皇的外表和怨皇的煞氣！胸前的骷髏發出笑聲。

「咯咯咯咯咯！邪法之練（Stage Four）……『裝備武器無效化領域（Formed Curse）』！」

「……唔。」

聖哉看著殺手劍低哼了一聲。刀身像瞬間經過數千年的歲月般生鏽腐朽！鏽蝕迅速擴散到劍柄部分，讓整把殺手劍化為沙塵！

「消滅吧消滅吧消滅吧！咯咯咯咯咯咯！你的武器將全部消滅！」

胸口的頭骨不斷發出高亢的笑聲。

「聖、聖哉的劍……！」

「沒關係，女神！妳別擔心！那個勇者不就是為了這種時候，才會帶這麼多備品嗎！」

「對喔！說得也是！」

「我現在就把新的武器拿給他！」

姜德轉過身去，但他背後的殺子已經把行李袋整個倒過來，還猛搖頭。

「不、不行，姜德先生！袋子裡所有的武器……備用的備用甚至再備用的劍都消失了！」

「！騙人的吧！」

「咯咯咯咯咯咯！我說過了吧！所帶的武器會全都消滅！這就是裝備武器無效化領域啊啊啊啊啊！」

「帶、帶來的武器竟然全部消失！怎麼會有這麼卑鄙的外掛技能啊！」

我忍不住大叫。這次不是由胸口的骷髏頭，而是魔王原本的頭骨開口。

「呵呵呵，這是回敬你剛才的犯規。」

他用只有骨頭的手對著聖哉，接著雙手發出鈍響，變成銳利的刀刃！

「我這裡倒是有武器。這是殺死勇者的劍——穿魂的闇之刃（Bone Glaive）。」

阿爾特麥歐斯像雅黛涅拉大人一樣將雙手變成劍，擺出戰鬥架勢。冷汗沿著我的臉滴到地板上。

——上次死皇的最終型態，聖哉是用吸收動力解放後的極限突破型·幽滅靈劍打倒的！可是沒有劍就不能用那一招！再說，這種狀態還能正常戰鬥嗎？

阿爾特麥歐斯逼近赤手空拳的聖哉，聖哉立刻將右手高舉過頭。

「第四破壞術式（Forth Valkyrie）……幽壞鐵鎖。」

聖哉的手掌冒出靈體鎖鏈！鎖鏈一邊伸長一邊畫出層層弧線，像在保護聖哉般飄浮著！

「用靈體物質防禦嗎？不過……」

阿爾特麥歐斯縮短跟聖哉間的距離，以手臂化成的劍往下一劈！雖然攻擊被保護聖哉的鎖鏈擋住，沒有直接命中聖哉，卻還是將鎖鏈輕易地砍斷了！

「你這樣是無法阻止半靈體半物質的穿魂的闇之刃攻擊的，更不用說要破壞我的身體了。」

原本語氣游刃有餘的阿爾特麥歐斯發現他原以為被砍斷的鎖鏈還飄浮在空中。鎖鏈如蛇般沿著穿魂的闇之刃而上，緊緊纏住阿爾特麥歐斯的手臂。

「……竟然耍這種小手段。」

「這不是小手段。」

聖哉說完彈響手指，魔王的腳下也冒出破壞的鎖鏈，一轉眼就纏住魔王的腳踝！

「開始跟你戰鬥後，我每次只要找到破綻，都會一點一點地設下陷阱，算得上是大工程了。」

包括前後左右的地板和柱子，魔王之間的每個角落都出現鎖鏈！破壞的鎖鍊纏繞阿爾特麥歐斯的手腳、身體和脖子！等阿爾特麥歐斯動彈不得後，又有新的鎖鏈纏繞上去！正如打倒怨皇瑟蕾莫妮可時一樣，阿爾特麥歐斯也遭到鎖鏈五花大綁，沒多久就化為繭狀，只能乾瞪著聖哉。

「接下來，我要把跟奈菲泰特修練得來的靈力，加在破壞的鎖鏈上……」

聖哉的身體冒出白霧，往四周擴散至數公尺遠。我看了大吃一驚！

「好、好驚人的靈力！變得比死皇戰時更強了！」

「從奈菲泰特教我靈力訓練的那一天起，我就不間斷地一直鍛鍊。順便告訴妳，之前在神界時，我還在聚集了精瘦型靈肌男的靈體慶典『最佳靈體大賽』上獲得了優勝。」

「！你參加了那個大賽嗎！」

那時候明明說「哪有那種閒工夫」，結果還是參賽了嗎！雖然我一時啞口無言，不過聖哉那足以贏得大賽的靈力確實驚人。

「幽壞鐵鎖．改。」

從聖哉身上散發的靈力彷彿點了火的引線般傳向所有破壞的鎖鍊！鎖鍊形成的繭發出白光，產生蒸氣般的物質！

「攻擊奏效了！這下應該能讓他像瑟蕾莫妮可一樣消滅了吧！」

「不，這次和當時不同。光靠靈力可能無法粉碎他半靈體半物質的身軀，所以……」

聖哉邊說邊靠近動彈不得的魔王。

「……要揍他。」

「！用揍的嗎！」

聖哉把手臂往後拉，一本正經地痛毆起鎖鍊！聖哉的亂拳極為凶猛，跟冷靜的表情形成強烈對比，打得鎖鍊繭不斷搖晃！聖哉簡直像用狂戰士的力量把魔王當沙包在練拳一樣！

最後聖哉卯起來使出一記上段踢，讓魔王連同綑綁他的鎖鍊重重地撞向遠方的柱子。等聖哉解除幽壞鐵鎖，消去所有鎖鍊後，阿爾特麥歐斯已經消失得無影無蹤。

「消滅魔王了！」

「我們贏了嗎！」

我和姜德興奮地大喊，但殺子卻指向某一點。

「你、你們看那裡！是阿爾特麥歐斯！」

……一個清脆的拍手聲響起。阿爾特麥歐斯不知何時坐在了魔王之間深處的王座上。看到他的模樣，我有種像被迷惑的感覺。阿爾特曼歐斯拿著手杖，身上的打扮跟我們剛見面時一模一樣，彷彿先前的戰鬥只是一場夢。

「魔力、徒手攻擊、靈力……全都超乎想像。」

阿爾特麥歐斯端坐王座，露出讚嘆的笑容。

「你該感到高興，勇者，你打倒魔王阿爾特麥歐斯了。」

「打、打倒你是什麼意思？你不是還活蹦亂跳的嗎？」

「呵呵呵……我的意思是『打倒接受邪神的建議而進入沉眠前的阿爾特麥歐斯』。從現在開始，我終於要進入前所未有的領域……」

阿爾特麥歐斯緩緩地從王座上起身。

「我要獻出五條命。」

嗚嗚！他到底要變化型態幾次啊！聖哉可是連武器都沒有耶！

「邪法之極（Stage Five）——『絕對者領域（Formed Infinity）』。」

阿爾特麥歐斯的身體突然像太陽般發光，那光芒過於刺眼，令我無法直視阿爾特麥歐斯。不、不對……不光是刺眼而已。

「嗚！」

「好、好熱……！嗚嗚……！」

姜德和殺子痛苦地喘氣。

這、這跟阿爾特麥歐斯之前的變化明顯不同！到、到底是怎麼了……！

我瞇起眼睛，設法看清楚眼前發生的事。這時，驚愕的景象依稀映入我的眼簾！在炫目的光芒中，阿爾特麥歐斯的背上出現天鵝般的翅膀！

——這、這股氣息……簡直就像——！

我無法置信。可是，從阿爾特麥歐斯身上散發出的氣息，我卻十分熟悉。那跟我在統一神界一直以來所感受到的靈氣一模一樣。

「神、神靈之氣？怎麼可能……！騙、騙人的吧……！」

阿爾特麥歐斯有如住在統一神界的上位神一般，散發出神聖的靈氣。他用充滿威嚴的口吻說：

「吾名神皇阿爾特麥歐斯。是邪神之力扭曲了身為魔王的我……」

姜德對刺眼強光瞇起眼睛，咂了下舌。

「呿！你這個魔王！竟敢假裝自己是神！」

「不，不對，姜德……」

我顫抖地說。

「那是真正的神靈之氣……！阿爾特麥歐斯真的變成神了……！」

「妳、妳說什麼！怎麼可能有那種事！」

阿爾特麥歐斯的臉上浮現微笑。

「有可能對成為神的我造成損傷的，就只有人類無法使用的闇屬性武器。不過話說回來，你們手上的武器全部消失了。」

阿爾特麥歐斯應該是知道我們無法打倒他，才會用那麼從容的態度說話吧。沒錯，都怪裝備武器無效化領域，害聖哉的武器全沒了。

成為神的阿爾特麥歐斯朝我們緩緩走來。

在、在這種情況下對上這種敵人，還有勝算可言嗎！

「聖、聖哉……！」

我朝聖哉所在的位置看去，但剛才還在的他卻不見蹤影。

——不見了？跑、跑到哪裡去了！

勇者忽然消失無蹤，而等我回過神時，阿爾特麥歐斯已近在眼前。

「噫！」

「勇者他……躲起來了嗎？不，可能是在擬定什麼對策吧，反正都是白費工夫。」

我試圖逃走，身體卻不知為何無法動彈。

「那麼同胞啊，妳就成為我的力量的一部分吧。」

「誰是你的同胞啊！」——我雖然想這麼大叫，卻發不出聲音。

我這才驚覺從我身上飄出的淡淡神靈之氣，正遭到阿爾特麥歐斯吸收和同化。力量……被抽掉了。頭腦一片空白，我連抵抗的力氣都沒有，當場倒在地上。

「莉、莉絲妲小姐！」

「女神！」

殺子和姜德大喊，但他們因阿爾特麥歐斯散發的神靈之氣而無法靠近我。我的意識逐漸模糊。

——沒、沒錯，這一定就是我的結局。聖哉早就料到魔王戰將如此發展，所以才會在神界等我下定決心，做好準備……

我並不怕死，卻仍感到不安。聖哉能打贏成為神的阿爾特麥歐斯嗎？不過聖哉那時在神界曾說過「一切準備就緒」。既然如此，或許還有一點贏面吧。

——之後就交給你了，聖哉……

就在我一邊祈禱聖哉能贏，一邊閉上眼睛的瞬間……

「唔！」

我聽到一聲低沉的呻吟，而力量也同時恢復。

——發、發生了……什麼事！

我一睜開眼睛，就看到阿爾特麥歐斯的表情扭曲！聖哉則像要保護我般擋在我面前，並將揮出的劍重新拿好！

「……我這副成為神的軀體，竟然會受到損傷？」

阿爾特麥歐斯摀住胸口。之前他無論遇到什麼事都能保持鎮定，這是我第一次看到他露出驚訝的表情。

「闇屬性的武器……？不對，這裡不可能存在任何武器！你裝備的武器應該全都化為塵土了才對！」

即使如此，聖哉手上卻握著有紅黑色劍身的劍！我也跟阿爾特麥歐斯一樣無法馬上理解！

聖哉緩緩開口。

「我考慮到對阿爾特麥歐斯有效的武器，很可能會在魔王戰前或戰鬥中因為某種原因丟失，所以就將這把武器藏了起來。」

「藏了起來？可、可是，你究竟是什麼時候藏的？」

「一年前。」

「……啥？」

「說得再詳細一點，是在妳被瑟蕾莫妮可詛咒，請克羅諾亞回溯時間的時候。」

「！是趁時間回溯時藏的嗎！」

「嗯，魔王之間很可能會成為最終決戰的戰場。既然如此，除了利用那次機會進入原本進不去的魔王之間外別無他法。」

當、當我因瑟蕾莫妮可的詛咒快死掉時，聖哉就已經在考慮魔王戰的事了……？當我痛哭流涕時，他是一邊看顧緹雅娜公主……一邊抓緊機會在魔王之間藏了武器嗎！

「順便告訴妳，我是藏在柱子裡。除了各個屬性的武器外，為了怕所持武器都不能用，我還事先放了能從原料重新製作的合成包。」

「合成包?」

「就是把『邪神的護符』和『吸取生氣的劍』分解而成的原料,這次那些東西派上了用場。」

「那、那些材料!也就是說,你現在手上的劍是——」

「嗯,我加進莉絲妲毛娃娃,成功地讓劍的威力較之前更提升了。這就是……」

聖哉將紅黑色的劍尖指向阿爾特麥歐斯。

「『Holy Power Drain Sword・改』——別名『莉絲塔超婆之劍』。」

「!呃,那名稱是怎麼回事!聽起來好像我是什麼『超猛老太婆』一樣!」

「那不重要。莉絲妲,離我遠一點。莉絲妲超婆之劍吸取神靈之氣的威力相當驚人,太靠近的話別說會變成老太婆了,甚至可能馬上掛掉。」

「!好可怕!」

我飛快地往後退,並偷瞄阿爾特麥歐斯的表情。

——如果是這把武器,對成為神的阿爾特麥歐斯也管用!在武器應該消失殆盡的現在,突然上演出乎意料的穿越時空大逆轉!怎樣,阿爾特麥歐斯,這就是龍宮院聖哉啦!

以往跟聖哉對上的敵人,都曾因為聖哉出於超級謹慎而擬出的策略大吃一驚,驚慌不已。哪怕是阿爾特麥歐斯,應該也會感到焦慮和詫異吧……

「……沒想到你竟然準備了吸收神靈之氣的劍，打破絕對者領域。難怪邪神會這麼提防你，看來你跟我一年前打倒的勇者截然不同。」

但阿爾特麥歐斯卻輕蔑地露出竊笑。

「即使這樣，你還是贏不了我的。」

阿、阿爾特麥歐斯怎麼還這麼老神在在！明明成為神的型態變化也被突破了啊！

「我就告訴你吧。我阿爾特麥歐斯升格為神後，如果再獻上殘餘的生命，就能發動只能用一次的，可謂神之究極奧義的技能。也就是說……我可以讓時間暫時停止。」

「你、你說……停止……時間嗎……！」

怎麼可能！只有時間的女神克羅諾亞大人才會的技能，阿爾特麥歐斯竟然使得出來嗎！再怎麼說也太……不，不對，看他那麼有自信！而且他應該不至於在這種情況下吹牛！

「我要獻出六條命。」

「別、別讓他得逞！」

姜德大叫！就算聖哉再怎麼強大、謹慎，一旦時間被停止也無能為力！然而阿爾特麥歐斯已將手高高舉起！

「太遲了！邪法之終（Stage Six）！『時空超越領域（Formed Time-Leaper）』！」

——不行……！沒想到……沒想到魔王竟然能停止時間……！

「變成神，操縱時空」——魔王就是為此才進入漫長的沉眠，為了能確實地殺死前來的勇者……

阿爾特麥歐斯對勝利的執著讓我渾身顫抖。聖哉和我，以及姜德和殺子，接下來會連感覺死亡的機會都沒有，只能在暫停的時間裡任由阿爾特麥歐斯宰割。

眼看絕望的時刻即將來臨……

「為什麼……」

耳邊卻響起阿爾特麥歐斯的聲音。我一看，阿爾特麥歐斯高舉的手上產生了龜裂。阿爾特麥歐斯的表情扭曲非常！

「為什麼！為什麼時空超越領域沒有發動！」

「……剛才你說『太遲了』，但其實太遲的人是你。」

聖哉的語氣一如往常，聽不出任何喜怒哀樂。

「早在進入魔王之間時，我就展開時空操作無效領域（Anti-Clock Field）了。」

「你、你竟然……能跟我一樣操縱時間？」

我先是跟姜德面面相覷，接著又對聖哉喊道：

「等一下，聖哉，克羅諾亞大人不是也說過，人類是不可能操縱時間的嗎！」

「即使如此，還是能學會『防範敵人操縱時空於未然的技能』。那就是我跟克羅諾亞一起修練的成果。在我展開時空操作無效領域的空間裡，阿爾特麥歐斯是無法將時間停止、前進或倒退的。」

「勇者，聽你這麼說，難道你連魔王會在最終決戰停止時間也預料到了嗎！」

「阿爾特麥歐斯一直想變得無敵，但所謂的無敵其實選項很少，其中不外乎『永恆的生命』、『物理及魔法攻擊無效』或『操縱時間』，範圍相當有限。所以我針對每個選項擬定對策，逐一突破。」

聖哉朝阿爾特麥歐斯步步逼近。

「怎、怎麼可能！怎麼會有這種事！」

阿爾特麥歐斯態度豹變，臉色鐵青，顯得非常驚慌。他眼見聖哉逼近，開始往後退。

我倒吞一口口水，看向聖哉。

——阿爾特麥歐斯從魔王變成神，甚至想停止時間……但在聖哉的想像中，這些狀況都在可能的範圍裡……！

因為太厲害了，我不禁嘴角失守，不自覺地笑了起來。

聖哉總是比對方的盤算更勝一籌！沒錯！他克服過去的失敗，考量所有可能性，期許自己做到比萬全更萬全的準備！而這一切努力，全是為了今天這一刻……！

阿爾特麥歐斯轉身想逃，但聖哉已經搶先擋在他面前。

「原子分裂斬(Atomic Split Slash)。」

能奪取神靈之氣的劍的威力加上狂戰士化，再結合土屬性的特技，形成強力無比的一擊，朝阿爾特歐斯的眉間劈了下去！爆炸和巨響同時出現！魔王之間的地板整片粉碎！

「嗚喔喔喔喔喔喔喔喔喔！」

阿爾特麥歐斯吃了聖哉的攻擊後把頭摀住，發出粗野的低吼聲，頭部的裂痕眨眼間擴散全身。下一秒，他的體內伴隨破裂聲往外膨脹，嘴巴裂開，從中冒出有數隻手臂的怪物。

巨大的怪物呼吸急促。這不是新的型態變化，而是阿爾特麥歐斯原本的模樣因聖哉的攻擊顯現了出來。

阿爾特麥歐斯變回醜陋的怪物，長相跟在水晶球裡看過的如出一轍。聖哉冷眼看著他。

「看來這一次不必用天獄門了。」

第六十四章　即使超越仍無法得到的東西

看到聖哉從別的劍鞘拔出的劍，我不禁錯愕。那是早已化為塵埃的殺手劍。不，這一定是他用藏起來的材料重新合成出來的，應該是跟莉絲妲超婆……不，是跟Holy Power Drain Sword・改同時做出來的吧。他用那鋸子般的劍，朝從神變回邪惡生物的阿爾特麥歐斯砍下去。

「可以的！打得贏的！」

看到聖哉的攻勢，姜德提高嗓門吶喊。我也無法壓抑內心高漲的情緒。

——打不倒！你打不倒他的，阿爾特麥歐斯！憑你是打不倒這個勇者的！

「真・連擊劍。」

聖哉用雅黛涅拉大人的劍技砍裂阿爾特麥歐斯的龐然巨軀。紫色體液從無數刀傷中噴出，在魔王之間灑了一地。阿爾特麥歐斯用粗野的聲音發出慘叫，倒在地上。

「很、很好！」

「幹掉他了！」

我和姜德握住對方的手歡呼，但……

「……不要再裝死了。」

聖哉冷靜的聲音在魔王之間響起。

「你還有命吧？想趁虛而入也是白費力氣，我是絕不會放鬆戒心的。」

聖哉一說完，滿身瘡痍的阿爾特麥歐斯就緩緩起身。聖哉說的沒錯，他還沒徹底斷氣。但看他上氣不接下氣的樣子，顯然已經被逼到走投無路，猶如可憐的籠中困獸。聖哉轉了轉脖子，發出骨頭傾軋的聲響。

「看你要打幾小時還是幾十小時我都奉陪，直到你的生命完全用完為止。」

「可、可惡……！」

阿爾特麥歐斯齜牙低吼。他起初應該是想用得來的絕對力量折磨聖哉，但現在情勢逆轉，遭到折磨的反而是他自己。不管由誰來看，占盡優勢的無疑都是聖哉。

——這、這下我的死亡旗應該也拔掉了吧……對！一定是這樣沒錯！

我的確有可能死在魔王戰裡。事實上，我也差點遭成為神的阿爾特麥歐斯吸收，所以當初聖哉才會在神界等我做好心理準備。即使如此，最後聖哉還是救了我。只要照這樣打倒魔王，我、聖哉、姜德和殺子就能平安而歸了——我原本是這麼想的。

「等、等等……！如果你再打下去，會造成無法挽回的後果！」

阿爾特麥歐斯勉強擠出聲音，聖哉卻充耳不聞，拿著劍繼續靠近。阿爾特麥歐斯於是轉身看向我。

「快阻止這個勇者！如果妳不想後悔的話！」

「啥！你在說什麼啊！我怎麼可能後悔！你還真是不夠乾脆耶，阿爾特麥歐斯！」

「呵……呵呵呵呵！嘻嘻嘻嘻嘻嘻……！」

阿爾特麥歐斯的猥褻笑聲突然響徹魔王之間。

「我、我知道喔……！當時除了妳和勇者外……還有另一條生命被我殺害！」

「咦……」

「聽好了！塔瑪因的緹雅娜公主所轉生的女神啊！你們三個人的命運依然掌握在我手裡！」

「什麼！」

我反射性地大叫。姜德也對阿爾特麥歐斯的大嗓門起了反應，用充滿驚愕的表情盯著我看。

「怎、怎麼可能……！難道……妳、妳真的是已逝的緹雅娜公主投胎轉世的嗎……！」

「呃、這個，那個……」

真相突然曝光讓我一時慌了手腳。為了轉移焦點，我只好對阿爾特麥歐斯大喊。

「你、你說我、聖哉和姜德的命運掌握在你手裡，到底是什麼意思！」

阿爾特麥歐斯聽了，邊吐血邊揚起嘴角。

「不，妳錯了。『另一條生命』並非指不死者士兵，我說的是那個傢伙……」

在阿爾特麥歐斯手指的前方，是殺子。

——小、小殺？等一下……咦咦！

我看向殺子，嚇了一跳。殺子全身癱軟地倒在地上。

「小殺！妳怎麼了！」

我跑到殺子身邊搖晃她，她卻毫無回應，眼睛的光源不停閃爍，感覺隨時會熄滅。我朝阿爾特麥歐斯一瞪。

「你對小殺做了什麼！」

「妳別誤會。讓她變成這樣的不是我，而是那個勇者。」

「聖哉怎麼可能攻擊小殺！」

我看向聖哉，他停止靠近阿爾特麥歐斯，拿著劍佇立在原地。大概是看聖哉暫停了攻擊，所以感到安心，阿爾特麥歐斯接著指向姜德。

「那個不死者士兵的靈魂很幸運地沒受到汙染，但殺人機器就不同了。我不但從頭開始建構身體，還用魔力讓死去人類的靈魂依附上去。當時，靈魂受到汙染，動力從神界的系統轉移到我的系統……」

「這、這是什麼意思？」

「簡單來說，如果殺了我，那個殺人機器也會被消滅。」

「！怎、怎麼這樣……！」

阿爾特麥歐斯看到我一臉驚慌，便放聲大笑。

「呵呵呵呵呵！還不只如此！那個殺人機器上依附著特別的靈魂！邪神的智慧真是完全超乎我的想像！思考能力幾近於零的胎兒靈魂，竟然能適應殺人機器的高等魔導迴路，變得有自己的想法！」

他、他在說什麼……！

阿爾特麥歐斯用彷彿凝聚世間一切邪惡的臉露出奸笑。

「依附在那個殺人機器上的靈魂，就是緹雅娜公主腹中的嬰兒！」

全身脈搏怦咚怦咚地劇烈鼓動。我看向倒在眼前的殺子。

——小殺是……我的……

「這、這一定是騙人的！」

「我沒有說謊，這全是邪神的計謀。這對我而言是最後一張王牌——而對你們來說……也算是一種慈悲吧。呵呵呵！畢竟你們見到了原本見不到的孩子啊！」

「騙人！這都是騙人的……！」

「聽好了！我是妳和勇者的孩子的生命之源！你們是不能殺我的！呵呵，嘻嘻嘻，哈哈哈哈哈哈哈……」

原本狂笑的阿爾特麥歐斯，表情突然充滿苦悶。聖哉不知何時接近了阿爾特麥歐斯，用劍砍向他巨大的腹部。

「聖、聖哉！」

阿爾特麥歐斯也跟我一樣大喊。

「你、你不相信嗎！我、我剛才說的全是實話啊！」

殺子突然一臉痛苦，發出「嗚嗚」的呻吟聲，她的眼睛也閃爍得比剛才更厲害。

「你看！那證明我沒有說謊！那個殺人機器跟我的最後一條命是連動的！」

「小……小殺……！」

但聖哉完全不在意，繼續向阿爾特麥歐斯逼近。我見狀朝他大喊。

「等一下！等一下，聖哉！」

我一大叫，聖哉就停下腳步。阿爾特歐斯咧嘴獰笑。

「沒錯。這樣就好。你們想一直和孩子在一起，對吧？勇者啊，我們來尋找一條能共存共榮的路吧……」

但聖哉之所以止步，並不是要停止攻擊。

「職業轉換。轉職成火魔法戰士。」

他一邊喃喃自語，一邊衝向阿爾特麥歐斯，再用纏繞火焰的魔法劍猛砍對方！無數斬擊如雨落下，燒灼皮膚，讓阿爾特麥歐斯痛到快昏厥！

……我在神界發誓過一定要拯救伊克斯佛利亞，而現在眼看就要打贏前世宿敵——魔王阿爾特麥歐斯了。但是，看到殺子倒在身旁痛苦不已，讓我的決心開始動搖，信念也逐漸瓦解！

——小殺！

會死，殺子會死。一直跟自己在一起，很可能是自己親生骨肉的殺子會死。那比自己會消失還難受上幾十倍、幾百倍。

「住手，聖哉！小殺會死的！」

但聖哉依然繼續攻擊，連回頭看一眼我和殺子都不肯。我於是靠近姜德並搖晃他。

「姜德！快阻止聖哉！」

「女神……不……緹雅娜公主……」

「聖哉他是疑心病重不肯相信，但我清楚得很！阿爾特麥歐斯說的一定是真的！小殺是我和聖哉的孩子！」

就算我苦求姜德，他也只是一臉沉痛地低下頭。

「我現在……終於想通了。為什麼他會看似毫無意義地滯留在神界……」

「你在說什麼啊！這不重要，快點去阻止——」

「勇者大概也知道魔王說的是真話吧。」

「那、那他為什麼不停止攻擊！」

「很遺憾，這世上應該找不到方法能救殺子吧。就連那位勇者也無能為力。」

「啥！你這話什麼意思！聖哉他可是救了母……卡蜜拉王妃的人耶！他是億中選一的奇

才，是超級天才啊！」

「即使如此，還是有救不了的時候。像遭死皇襲擊的沙漠之鎮伏爾瓦納的居民就是——而現在的狀況跟當時幾乎相同。」

即使在我和姜德對話時，肉被砍裂的聲音仍不斷響起。聖哉的劍讓阿爾特麥歐斯的一隻手噴飛出去，血花四濺。每當阿爾特麥歐斯受到傷害，殺子的身體就跟著顫抖。

「求求你，快住手！」

我急得坐也不是站也不是，一心想跑上戰場，但姜德抓住我的手。

「公主！您不能去啊！」

「姜德，放開我！一定有、一定有什麼方法能救她的！之前我們也是這樣撐過來的！聖哉他保護了馬修、艾魯魯和我，也一定有辦法救殺子的！」

「不會有的……」

「為什麼！沒試過怎麼知道！不要說得好像你知道一樣！」

姜德用大到讓我發疼的力道抓住我的手，以怒吼般的聲音喊道：

「那傢伙他……那神經質到有病的男人……那有如謹慎的化身的男人……一定是想了又想，想盡一切辦法，卻還是救不了殺子！所以才……」

姜德頓時咬緊牙關，陷入沉默。

——想、想盡一切方法？他到底想了什麼？

『外務。』

聖哉在神界說過的話突然在腦海中浮現，到了這一刻我才意會過來。

……沒錯，聖哉的確知道……知道小殺是自己的孩子。歐克賽利歐一戰後，他在神界從伊希絲姐大人口中得知了真相。從那時開始，他就一直獨自煩惱到現在……

『那就代表我也可以把這男人的靈體從本體切離，放進別的容器嗎？』

……那是為了替小殺找尋替代的身體。聖哉學會幽神奈菲泰特的技能，可以把靈體移到其他容器，原以為終於找到解決的線索，然而……

『這下又回到起點了。』

……結果還是不行。看到古雷歐他們在死皇戰時化為沙塵，讓他領悟到——一旦主幹失去力量，是不可能拯救分支的。

即使如此，聖哉仍不肯放棄。

『妳有沒有能永遠凍結對方的招式？』

『等準備好了，我會跟妳說。』

『還不行。』

『再等一下。』

……即使準備好跟魔王決戰，仍繼續尋找殘留的可能性，可是……不管他怎麼努力，怎麼掙扎，最後依舊徒勞無功……

不知不覺中，我已淚水盈眶。姜德看著戰鬥，喃喃開口。

「那傢伙不管遇到什麼事，最後都會打倒魔王，拯救伊克斯佛利亞吧。他是下了這個決心才會來打這場仗的。」

「為……什麼……？」

「即使他謹慎到有病又目中無人，但他終究是個勇者。」

在我因淚水模糊的視線中，身纏火焰的聖哉正砍著阿爾特麥歐斯。阿爾特麥歐斯忍不住揮動手臂反擊，但手臂卻被火焰燒灼，化為焦炭。

這時，突然有某個熟悉的感覺碰觸了我的手。

「莉絲妲……小姐……」

我往下一看，原來是殺子回握了我的手。

「小殺！妳恢復意識了！」

「我、我……好開心。莉絲妲小姐就是我的媽媽吧。而聖哉先生……則是……」

殺子望向聖哉朝阿爾特麥歐斯揮劍的背影。阿爾特麥歐斯雙眼充血，高聲吶喊。

「你的劍正在殺死你的孩子！你將以人類之身背負起無盡的遺憾和業障！你會走上跟我一樣的魔道！你的未來將沾滿血腥！」

聖哉用凌厲的眼神注視阿爾特麥歐斯，並呼出一大口氣。從體內散發的靈氣顏色變得更深。

「狀態狂戰士・第二・八階段……！」

「你……你這傢伙————————！」

在我身旁的殺子，用小到快聽不見的聲音喃喃開口。

「真不可思議……我明明很害怕消失……但看著爸爸就不怕了。」

殺子握著我的手。

「古雷歐消失時……我以為什麼都沒有了，但我錯了。即使閉上眼睛，爸爸和媽媽也都還在……」

原本只是一味承受攻擊的阿爾特麥歐斯的身體被漆黑的靈氣包圍。魔王讓腐朽的手臂再生，顯露戰意並發出咆哮。

「我要殺、殺了你！即使要榨出所有的生命，我也要殺了你！這次我一定要徹底地宰了你！我要切開你的肚子，挖掉你的心臟，捏碎你的靈魂！你就像那時一樣，給我趴在地上掙扎吧！」

我感覺到阿爾特麥歐斯的氣勢撼動空氣，把殺子嚇得渾身一顫。就在這時……

「……殺子，妳說過妳想變強吧。」

聖哉和阿爾特麥歐斯對峙著，頭也不回地對殺子開口。

「妳只要保持這樣就好。」

「好……！」

就在殺子回答聖哉的瞬間，阿爾特麥歐斯纏繞黑暗鬥氣的四隻手襲向聖哉。不過這展現了驚人威力和速度的攻擊，卻連碰都碰不到身纏烈焰般的靈氣，將狂戰士狀態升到最大極限的聖哉。聖哉發揮形同瞬移的敏捷速度，繞到阿爾特麥歐斯背後。等阿爾特麥歐斯回過頭時……

「鳳凰炎舞斬。」

聖哉已如行雲流水般恣意揮舞起烈火之劍。數個鮮紅的魔法陣出現在阿爾特麥歐斯眼前，下一秒，阿爾特麥歐斯的手臂就立刻被全部砍斷，在掉到地面前就被迅速燒光。

阿爾特麥歐斯失去手臂，頹然跪下。雖然還在戰鬥中，他卻像突然察覺到了什麼似的環顧四周。

「我最後的生命波動……正逐漸流向邪神……是嗎……呵呵……原來是這樣嗎……」

阿爾特麥歐斯雖然模樣悽慘落魄，卻笑得格外大聲。

「呵呵呵哈哈哈哈哈哈！無論是我殺你還是你殺我，結果其實都差不多！反正我也只是祭品！一切都按照邪神的劇本進行！一旦打倒我後，你的……不，你們的命運將永遠不得安息──」

但魔王的吶喊在中途就潰散了，聖哉的鳳凰貫通擊貫穿了阿爾特麥歐斯的頭部。

「……小殺！」

我立刻呼喊小殺。殺子的另一隻手沒有握住我的手，而是放上別在胸前的花飾，她擠出最後一絲力氣勉強開口。

「爸爸……媽媽……謝謝你們。」

魔王的龐大身軀隨著巨響倒地。同一時間，殺子原本緊握住我的手變得無力，而那雙總是閃耀溫柔光輝的眼眸，也完全失去了色彩。

第六十五章　離別

從魔王城回來後，塔瑪因的天空變得晴朗無雲。這是因為聖哉打倒阿爾特麥歐斯，讓覆蓋伊克斯佛利亞的邪氣消失的緣故吧。

王宮裡的眾多士兵整齊列隊，急切地等著我們開口。

「……龍宮院聖哉已經成功討伐魔王阿爾特麥歐斯了。」

姜德以莊嚴的口吻宣布這個消息。士兵們先是面面相覷，接著發出歡喜的吶喊。

「勇者大人打倒魔王了！」

「伊克斯佛利亞得救了！」

雖然被如雷的歡呼和不絕於耳的讚頌圍繞，我心中依舊悶悶不樂。當我努力陪著笑臉時，原本喧鬧的士兵忽然鴉雀無聲，原來是卡蜜拉王妃和護衛兵一起走了過來。她向聖哉深深一鞠躬，致上感謝詞後握住我的手。

「你們真的做得很好。」

笑容滿面的王妃看似忽然想起了什麼，往四周張望。

「殺子呢？」

「小、小殺她……」

……當阿爾特麥歐斯失去魔力的屍體化為塵埃時，殺子也隨之消失無蹤，只留下我給她的花飾。在魔王城裡狠狠痛哭一場後，原以為淚應該早已流乾，卻沒想到這時我的眼眶又開始發熱。王妃見我這樣，把我抱住。

「這樣啊，妳一定很難受吧。」

我頓時忘了自己是女神，只顧著在前世的母親胸前嚎啕大哭。

在這之後，王妃在王宮的庭院裡舉行慶功宴，塔瑪因的民眾也受邀參加。大家都拋開了身分之差一同歡慶。在侍女的勸酒下，平常不喝酒的我咕嚕咕嚕地灌起葡萄酒。

「喂，再給我一些酒……」

「呃，那個，女神大人，這已經是第六杯了，您還是少喝一點——」

「少囉嗦！給我整桶拿來！」

「噫！像個大叔一樣！」

因為殺子的事，我忍不住喝到爛醉，腳步踉蹌。看到聖哉和姜德在附近聊天，我在意識曚曨中旁聽兩人的對話。

「話說回來，沒想到我這個不死者還能像這樣活下來。雖然明知這麼做無濟於事，但我還是忍不住會想『要是我代替殺子死掉就好了』……」

「姜德，你怎麼可以這麼說呢？」——我邊聽邊這麼想，不過……

「嗯，說得也是。那樣絕對比較好。」

聖哉卻毫不客氣地這麼說。別、別說得這麼直白啊……！

姜德抱頭陷入沮喪，聖哉則繼續說：

「先別說這個了。怎麼樣？要趁我還在這裡時，幫你把身體換成骷髏之類的嗎？」

「不、不用了。我對這個身體很有感情，保持這樣就好。」

「這樣啊，那這個給你。」

聖哉遞給姜德一個外觀像木製小盒子的東西，在盒子中央有幾個像按鈕的零件。

「這是什麼？」

「纏在你身上的土蛇裝有炸藥，這是炸藥的引爆裝置。當你覺得腦子被不死者的本能侵蝕，快要撐不下去時，就按下這按鈕去死吧。」

「喔、喔，這樣啊，這也算是你扭曲的體貼呢。還是跟你說聲謝了。」

「不用謝。順便告訴你，考慮到你可能會失去理智，沒辦法自己按按鈕，我也把備用的引爆裝置給王妃了。」

聖哉指向在對面喝酒的王妃。當聖哉把引爆裝置秀給王妃看時，王妃也不知從何處掏出引爆裝置，笑著舉起來。

「我有帶在身上——！」

她一回應，周圍的士兵和侍女也一個接一個拿出引爆裝置。

「我們也有帶！」

「我也是！」

「我也一樣！」

姜德頓時啞口無言。聖哉告訴他：

「為了以防萬一，我也把引爆裝置像那樣分給值得信賴的士兵和侍女了。」

「！呃，可不可以別給那麼多人啊！萬一他們不小心引爆了怎麼辦！」

看到姜德一臉焦急……

「啊哈哈哈哈！」

我忍不住失聲大笑。姜德察覺到我，獨自走來。

「真受不了那個勇者……！」

「不過這樣很有聖哉的風格，也沒什麼不好啊。」

「或許是這樣沒錯啦……可、可是真的沒問題嗎？我會不會哪天突然被炸死啊……」

「是聖哉做的，你就不用擔心了。反正要引爆前一定會有超冗長的步驟吧。」

「啊啊！您這麼說也有道理呢！」

彼此相視而笑後，姜德凝視我的臉，喃喃開口。

「……不把那件事告訴王妃好嗎？」

他指的想必是我前世是緹雅娜公主這件事吧。我望向在遠方跟士兵們開心談笑的王妃。

「阿麗雅有說過，人投胎轉世後之所以沒有前世的記憶，是因為要忘記一切，好展開新的人生。這一定就是這個世界該有的樣子。」

「公主……」

「啊，不過我是不會忘記的。不管是王妃、姜德……當然還包括小殺的事，我全都會記得。只是我覺得，我曾是緹雅娜公主這件事，沒必要特別告訴王妃。」

「是……這樣嗎？」

我瞪了表情消沉的姜德一眼。

「話說回來，姜德，你講話可以別那麼客氣嗎？總覺得怪怪的！」

「呃，可是，這樣怎麼可以呢！」

看到姜德戰戰兢兢地猛搖手拒絕，我露出壞心眼的笑容。

「其實，有件事我一直沒跟你說……之前在獸皇隊的入隊測驗中，你曾被魚人揍得很慘吧？」

「咦咦咦！為什麼您知道那件事！」

「那個魚人啊，其實是我喔。」

「……啥？」

在沉默片刻後……

「妳、妳這個臭女神————————！」

姜德火冒三丈地追了過來，我則笑著逃給他追。

「……莉絲姐，準備好了就走吧。」

聖哉這麼對我說時，太陽正開始下山。

「已經要走了嗎？再多待一下也無妨吧……」

王妃對我露出依依不捨的表情。因為這場慶功宴會一直持續到明早，本來想說在塔瑪因過個一晚也好，但聖哉就是想早點回去。他大概是覺得既然魔王已經消滅，再留在伊克斯佛利亞也沒有意義吧。從另一方面來看，這幾個小時，聖哉會二話不說陪我出席慶功宴，或許是考量到了我失去殺子後沮喪的心情吧。

我告訴王妃還是得回去，王妃便笑著說：

「好吧……實際上我也沒那麼寂寞啦。」

她指向塔瑪因的外圍。在遙遠的另一頭，大姐黛正佇立在城牆附近，看起來傻呼呼的。

「畢竟塔瑪因還有守護女神在呢。」

「啊哈哈……雖然聖哉說她沒什麼用就是了。」

但卡蜜拉王妃依舊凝視著大姐黛，還看似懷念往昔般瞇起雙眼。

「只要是跟我有緣的人啊，總會留下人偶給我。」

前世的我小時候曾送過王妃我自己親手做的人偶，但可惜那個人偶已經被葛雷多雷翁弄壞了……

「而且這次還給了我好大的人偶呢。」

「咦？」

王妃笑了，難不成王妃其實早就知情……？我突然有這樣的感覺。

王妃走近我，將我一把抱住。

「要再來塔瑪因喔……我隨時都歡迎……」

「嗯……」

我跟王妃分開，叫出門來。我和聖哉穿過通往神界的門。

途中，我回頭看，王妃和姜德笑容滿面，而在士兵身後遠方的大姐黛，正一臉稚氣地向我揮手道別。

我和聖哉剛回到神界的廣場……

「莉絲姐！」

阿麗雅就跑了過來。雅黛涅拉大人和賽爾瑟烏斯也在附近。另外還有變化之神拉絲緹大人、幽神奈菲泰特大人等等，統一神界的熟面孔齊聚一堂。

我默默地豎起大拇指後，剛才在塔瑪因的盛況立刻重現。在場的眾神也像那些祝賀的士兵一樣，七嘴八舌地讚揚起我和聖哉。

這時雅黛涅拉大人戳了戳我的肩膀。

「莉、莉絲姐，這、這樣一來，妳也能加入上、上位女神的行列了。」

「咦！上位女神？我、我嗎？」

「當然嘍，莉絲姐！畢竟妳拯救了難度ＳＳ的世界啊！」

即使阿麗雅這麼說，我也完全沒有實感。實際上，這次百分之百都是靠聖哉的力量才拯救了伊克斯佛利亞，我只是陪在他身邊而已。

我無法坦然地感到高興，心中充滿迷惘，這時賽爾瑟烏斯對我笑了。

「話說回來，世界能得救實在是太好了！殺子和姜德也一定很高興吧。」

「……賽爾瑟烏斯，關於這件事——」

「嗯？」

我說到一半，陷入短暫的沉默。之後我切換心情，微微一笑。

「對啊！他們兩個都很開心呢！」

「這樣啊！不知道他們還會不會再來打工呢！」

「嗯嗯，相信總有一天一定會的……」

「那我得先把殺子的圍裙洗一洗才行！」

賽爾瑟烏斯拿起已經不會再有人穿的圍裙，跑去廚房後面。我帶著泫然欲泣的心情看著他的背影。

在那之後，我獨自前往伊希絲妲大人的房間，向她報告拯救伊克斯佛利亞的任務已經完成。

進到房間後，伊希絲妲大人一臉嚴肅地注視我。

「莉絲妲黛，這次拯救了難度ＳＳ的伊克斯佛利亞，真的辛苦你們了。還有……」

伊希絲妲大人深深一鞠躬。

「請妳原諒我……原諒我一直對妳隱瞞真相。」

我笑著搖頭。

「連聖哉得知真相後，都在瑟蕾莫妮可戰中倒下了。夾在世界和殺子間左右為難的這種痛苦——要是我知道了這件事，一定會無法忍耐的。再說結果也不會因此改變，所以……這樣就好。」

當我行禮完要出房間時，伊希絲妲大人對我開口。

「妳要去嗎？」

「是的。」

「莉絲妲黛，可是……」

既然伊希絲妲大人能預知不久後的將來，她一定能看穿我接下來要採取的行動。但我仍舊直截了當地說：

「畢竟我是負責龍宮院聖哉的女神嘛！」

走出伊希絲妲大人的房間後，我看到聖哉背靠著牆，佇立在走道上。

「莉絲妲，把門打開。我要再回一次伊克斯佛利亞。」

「是可以，不過你要做什麼？」

「有件事我不小心忘了。賢者之村的老頭要我打完魔王後再去一趟，我現在才想起來。」

「啊，這麼說來的確是呢。」

「這只是小事，我一個人去就好，辦完事會馬上回來。」

我像平常一樣照聖哉所言叫出門，開門地點指定在距離賢者之村不遠的位置。

聖哉要進門時發覺我跟在後面，就把門關上。

「喂，妳要做什麼？」

「……我要跟你一起去。」

「我都說了，我一個人去就好。」

我目不轉睛地盯著聖哉的臉看。

「聖哉，你絕不可能『不小心忘記』的，對吧？所以你一定是故意忘的，對吧？這是為了先回到神界把我丟在這裡再自己一個人去，對吧？」

大概是被我說中了，聖哉的眉頭明顯地皺起。我露出得意的笑容。

「嘿嘿～！我才不會像蓋亞布蘭德那時一樣被騙呢！」

「真是麻煩的女人。」

聖哉長嘆一口氣。

「伊克斯佛利亞得救了，接下來都是多餘的。」

「所謂的『多餘』是什麼，可以告訴我嗎？」

「……是賢者之村的老頭，那傢伙的真面目可能是邪神。」

「哦，有什麼根據嗎？」

「賢者之村裡沒有叫伊梅爾的村人。我用伊希絲妲的水晶球探查過了，也掌握到了全部村人的名字。」

「真不愧是聖哉，這麼快就發現了。」

「我還有其他根據。魔王最後說『生命的波動流去』時，也是看向賢者之村所在的方位。邪神大概是只有精神體的存在，我猜她可能是用透過水晶球，或者介入對方的精神世界等方式，對魔王及伊克斯佛利亞的幹部們下達指示。」

「而在阿爾特麥歐斯死後，邪神得到了強大的力量……」

「沒錯。也就是說，她不再像以往一樣是單純的精神體，或許已經有辦法殺掉我和妳了。那傢伙的能力是未知數，一旦進入戰鬥，很可能會被她殺掉。」

「既然這樣，為什麼你還要去呢？」

「就是想做個了結。」

「做好準備了嗎？」

聖哉想了一下，喃喃開口。

「完全沒有（Not at all）。」

「真不像你呢，聖哉。」

「可是，唯獨她，我一定要打倒才甘心。」

「這樣啊，說得也是，我也有同樣的心情……」

聖哉跟平常一樣頂著一張撲克臉，我通常都猜不透聖哉的想法，但唯獨此時此刻，我一眼就看穿他的心思。

「妳不用來。」

即使聖哉這麼說，我依舊緊跟在他背後。聖哉瞪我。

「別來。」

「我偏要。」

「別來。」

「我偏要。」

「我會揍妳。」

「好啊。」
「別來。」
「我偏要。」
聖哉掄起拳頭，我卻不保護頭部也不閉上眼睛。不久後，聖哉把舉起的拳頭悄悄放下。
我笑了。
「你一下救我，一下又貶低我，讓我一下喜歡你，一下又討厭你，腦袋都被搞糊塗了……不過說到底，我和你果然是命運共同體呢。」
「是孽緣才對。」
「或許吧。」
我把殺子戴過的花飾拿給聖哉看。
「吶，我可以留著這個嗎？」
「那是妳給殺子的吧，當然是妳的。」
「我跟你說，你在神界做的玩具，小殺她很喜歡呢。」
聖哉看似難為情地別過頭，我繼續對他說：
「謝謝你，讓我們能在神界度過這段無可取代的寶貴時光。」
在片刻的沉默後，聖哉喃喃開口。
「……走吧。」

「嗯。」

門再次開啟。平常小心到異常的聖哉，這次卻沒有做魔巨像，大概是因為他領悟到就算帶去也沒用吧。

我們穿過門，一起朝眼前的賢者之村走去。走著走著，身旁聖哉的手忽然跟我的手碰在一起。我很自然地牽起聖哉的手，自然到連自己都覺得不可思議，而平常總會把手甩開的聖哉，這次卻牽我牽得牢牢的。

我們就這樣一起走了一段路。

雖然去了可能無法活著回來，也沒有做任何準備……

即使如此，我們仍無法原諒將殺子的命運玩弄於股掌之上的邪神。

終章　暴虐的眾神

本該更加謹慎的聖哉牽著我的手，毫不猶豫地直衝賢者之村。通過村莊的入口後，我看到以前被聖哉消除的魔法陣又出現了。

這時魔法陣突然發出血紅光芒，在我四周，包含魔法陣在內的景物都歪斜扭曲。

……回過神時，我們已經被空無一物的漆黑空間包圍，感覺好像突然被丟到宇宙裡。不過，這景色我很眼熟，就跟邪神第一次現身在我面前時的景象相同。

——也就是說……這裡是精神世界嗎？

分不清是現實還是虛幻，四周盡是無比漆黑的幽暗。我感覺身體彷彿跟黑暗彼此混合，逐漸溶解消失。儘管如此，我的手依舊感受得到聖哉的體溫，因為聖哉牽著我的手，所以我不會害怕。不，或許從前往魔王戰那時候開始，我心中的恐懼就已經麻痺了。

聖哉的手抖了一下。他放開我的手，從腰間拔出劍，像要保護我般擋在我面前。

「那個」正靜靜地佇立在聖哉的視線前方。

跟以前一樣穿著漆黑長袍，不過這次摘下了兜帽，雜色頭髮披散在背後的黑色羽翼上。

「沒想到你竟然能打倒完成了極限變化的阿爾特麥歐斯。」

她身上散發出淡淡的紫紅色靈氣，自言自語般開口。細長鳳眼、高挺鼻梁、淡淡的唇色。邪神的容貌意外的美麗。

「不過我倒是不會驚訝。『為常人所不能為之事，以拯救世界』——這才是真正的勇者，我比任何人都了解這一點。」

「妳今天不扮老頭了？」

聖哉一問，邪神就發出忍笑的聲音。

「我力量多到要滿出來，無法再壓抑下去了，現在我終於得以從精神體化為實體。阿爾特麥歐斯那曾經達到神之境界的魂魄，為我的力量帶來飛躍性的成長，這全都是你的功勞。」

聖哉用鼻子「哼」了一聲，邪神則一臉愉悅地輕撫自己的長髮。

「我期待著這一天的到來，一路毀滅了許許多多的世界。每滅掉一個世界，我的頭髮就會像這樣染上顏色，或許這就是所謂的『汙穢』吧。」

「……妳到底是誰？」

聽到我這麼問，邪神用令我意外的溫暖眼神凝視我。

「我名叫梅爾賽斯，以前跟妳一樣住在統一神界。」

「統、統一神界嗎……！」

如果邪神所言屬實，那對我來說，這還真是驚人的事實。不過聖哉倒是一臉理所當然地點了頭。

「妳是『暴虐之神梅爾賽斯』吧。」

「哦……」

邪神用欽佩的表情看向聖哉——咦！給我等一下！

「聖哉！為什麼你會知道她是『暴虐之神』呢！」

「戰神傑特以前有提過吧。」

「有嗎！」

「有。我當時覺得那應該是很重要的事，還做了筆記。」

聖哉從胸前拿出一疊草紙。我窺看打開的那頁，上面用聖哉的字記下這樣的內容：

『★重要★　暴虐之神——梅爾賽斯↑第一次出現是在戰神傑特的談話中。【重點筆記】引發神界統一戰爭？或許傑特有參與，此外還有其他神加入？假如她已遭到統一神界驅逐，被流放至異世界，現在可能成了邪神。』

「！這是什麼，好厲害！好像人物事典！」

他在遇到傑特那時做了這樣的筆記嗎！除了避免自己忘記……還把自己的推測也寫進去……怎、怎麼感覺有點噁……不，不對，這有實際派上用場！應該要誇他「真不愧是聖哉」吧！

我大吃一驚，各種情緒在心中打架，聖哉則無視混亂的我，向梅爾賽斯開口。

「妳不是要我打倒魔王後再來這裡嗎？那是為了殺死我和莉絲姐，好得到更強大的力量，對吧？」

面對聖哉充滿自信的推測，梅爾賽斯卻靜靜地搖頭。

「我之前一直看著你的戰鬥，還懷疑過你是不是有神通力……不過看來你並沒有預知能力呢。很遺憾，你猜錯了。我把你們叫來這裡，是想提出邀請。」

「邀、邀請？」

梅爾賽斯接著露出笑容看向我。

「怎樣，要不要和我一起創造正確的世界？」

「啥！妳到底在說什麼！誰要幫邪神的忙啊！」

我憤慨地大喊，梅爾賽斯卻用朋友般的親暱語氣開口。

「女神莉絲姐黛，妳覺得統一神界是很舒適美好的地方嗎？」

「那還用說！」

「現在覺得正確的事物，不代表以後也會一直是正確的。聽好了，統一神界的運作模式本身就是錯的。」

「我、我是不知道妳對統一神界有多不滿啦！再說問題也不在這裡！我和聖哉怎麼可能幫助玩弄小殺的妳啊！」

「那個寄宿在殺人機器裡的胎兒靈魂啊……」

梅爾賽斯對我露出憐憫的表情。

「我以前也有過無可取代的事物，重要程度甚至連身為神的永恆生命都能輕易超越。而且……」

梅爾賽斯往背後一瞄。

「你們失去了，我卻得到了。」

——什……什麼？

……在梅爾賽斯背後，有個人從黑暗中緩緩走來。對方戴著面具，打扮類似在賢者之村看過的惡魔神官。他走到梅爾賽斯身旁，依偎般靠近她。

「當時失去的，我終於拿回來了。」

梅爾賽斯用手指滿懷愛憐地輕撫面具，並將視線投向我。

「女神莉絲妲黛，只要妳願意幫助我，我可以讓妳的孩子也同樣復活。」

「讓、讓小殺復活……？」

「如果是我就辦得到。」

她說「同樣復活」，意思是那個面具人也是因她而復活的？這、這怎麼可能！

我的理智知道這是陷阱，但殺子開心談笑的容顏閃過腦海，讓我的情感產生動搖。不過，就在這時……

「莉絲妲，別被甜言蜜語給騙了。」

「嗯、嗯！你、你說得對！」

聖哉拿劍指向梅爾賽斯。戴面具的人抖了一下。

「……吶，梅爾賽斯，那是我的敵人嗎？」

一個性別不明的模糊聲音隔著面具傳了過來。他身子一扭，離開梅爾賽斯身旁，跟聖哉進入對峙。突然間……

「狀態狂戰士·第四階段。」

在聲音響起的同時，一股混濁的紅黑色靈氣從面具人身上擴散開來！

第四階段？怎、怎麼可能！聖哉連要讓狂戰士狀態接近第三階段都相當吃力了！而且，即使對創造出這個絕招的戰神傑特來說，第三階段也已經是她的最大極限了！

面具人一定在說謊。可是，這股前所未見的龐大靈氣在空中蠢動，看起來彷彿惡魔的臉讓我感覺背脊發冷而凍結。

聖哉難得地退了一步，面具人則朝我們邁出腳步，但到了下一秒，他就一個踉蹌膝蓋著地，梅爾賽斯把手放上他的肩膀。

「不要勉強，你的身體還不習慣這邊的世界。」

梅爾賽斯扶面具人起身，並撐住他的身體。不知為何，在我眼中，那看起來像是對好友或深愛之人才會做的動作。

「走吧，我們該打倒的敵人另有其人。」

梅爾賽斯接著背對我和聖哉，開始朝黑暗的彼方走去。

「等、等一下！」

我一大叫，梅爾賽斯就回頭瞥了我一眼，喃喃開口。

「從今天起一切都會改變。世界將變得煥然一新，回歸原本該有的面貌。」

……等我恍然回神時，漆黑的幽暗早已散去，眼前只剩化為廢墟的賢者之村。我和聖哉就站在魔法陣上面。

——那些……不是幻覺吧？

我還在苦思剛才發生了什麼時，聖哉戳了我的肩膀。

「莉絲妲，快把門叫出來。」

「咦？」

「往統一神界的門。」

「啊……等等，你、你要回神界了嗎！」

「沒錯，動作快。不，說不定已經太遲了。」

「你說太遲了……難、難不成……梅爾賽斯他們是去統一神界了嗎！」

「有這個可能。」

我連忙叫出門。穿過門的時候，我的心臟跳得好快。

——阿麗雅！伊希絲姐大人！大家千萬要沒事啊！

不過……

「……咦？」

在神界的廣場上，眾神像平常一樣來來往往，談天說笑。將祥和溫馨的神界環顧一圈後，我盯著聖哉的臉看。

「什麼都沒有發生嘛……！」

「嗯，看來那些傢伙也需要做準備。仔細一想，那個戴面具的傢伙似乎狀況也很差。」

什、什麼嘛……只是一如往常地擔心過度而已……話說這對心臟也太不好了吧！

我整個人頓時鬆懈下來，一屁股跌坐在地，但聖哉卻揪住我的領口，強迫我站起來。

「咦！」

「即使如此，那些傢伙應該很快就會採取行動了。莉絲姐，我們去找伊希絲姐。」

「好、好！」

「……伊希絲姐大人，打擾您了。」

「莉絲姐黛！幸好妳沒事！」

伊希絲姐大人跑過來握住我的手，看起來似乎很擔心我。向她道謝後，我換上嚴肅的表情向伊希絲姐大人報告。

「盤據在伊克斯佛利亞的邪神之名，我們已經知道了。『暴虐之神梅爾賽斯』——就是邪神的真面目。」

「梅爾賽斯……！」

平常總是氣定神閒的伊希絲妲大人瞪大眼睛，呼吸急促。

「她身為引發神界統一戰爭的戰犯，應該早就被至深神界處以墮天之刑了才對……是嗎……原來是這樣啊……」

「老太婆，那傢伙吸收阿爾特麥歐斯的生命，得到了強大的力量。我想找至深神界的眾神談這件事，快帶我們去。」

「我知道了……」

在伊希絲妲大人的帶領下，我和聖哉穿過走廊，從時間停止的房間進入至深神界。

我們行經蜿蜒曲折的道路，抵達至深神殿。沒想到平常坐鎮在神殿裡的時間女神克羅諾亞大人和法理之神涅梅希爾大人，此時竟然已經站在入口兩側。

伊希絲妲大人在這兩位至深神界之神的面前跪下。

「法理之神涅梅希爾大人、時間之神克羅諾亞大人，我們想就伊克斯佛利亞的邪神一事與各位大人商討對策。」

「伊希絲妲，那件事之後再說。首先，治癒的女神莉絲妲黛，這次拯救了難度ＳＳ的世界伊克斯佛利亞，真是辛苦妳了。」
「咦！不、不會！」
話題突然轉到我身上，讓我困惑不已。克羅諾亞大人對我微笑。
「總之，妳真的非常努力，得好好慰勞妳一下才行。之後至高神布拉夫瑪大人也將親自現身。」
「布拉夫瑪大人也會來嗎……！」
身為至高神的創造之神布拉夫瑪大人，地位相當於眾神的父母，我以前從沒看過他的長相。
不久後，神殿的門緩緩敞開。隨著神聖的光輝一起出現的，既不是法理之神涅梅希爾大人那樣的巨漢，也不是克羅諾亞大人那樣的美女，而是一位身材比我更嬌小的神。
他穿著白色長袍，背後有一對跟嬌小身軀不相襯的巨大翅膀，但最吸引我的目光的，是布拉夫瑪大人的臉孔。
至高神布拉夫瑪大人的臉從正中央分成兩半，一半像少年，一半像少女。頭髮也是一半短，另一半長度及腰。
——嗚哇……！這就是創造神布拉夫瑪大人！跟、跟我之前想像的不太一樣！
布拉夫瑪大人分成兩邊的臉微微一笑。
「妳做得很好，莉絲妲黛。這樣一來，妳受到的懲罰也得以解除。從今天起妳將升格為上位女神，希望妳以後也能繼續努力。」

「謝、謝謝您！」

我抱著緊張的心情回答。身旁的涅梅希爾大人以粗獷的嗓音高聲說：

「布拉夫瑪大人已經不知道有多久沒公開現身了，妳要心懷感激啊，莉絲妲黛。」

「是、是的！」

正當伊希絲妲大人和我都緊張不已時，聖哉卻朝布拉夫瑪大人前進一步。

「喂，『半個人』，那不重要，我有更緊急的事要跟你談。」

……在瞬間的沉默後，涅梅希爾大人和克羅諾亞大人提高嗓門喊道：

「誰、誰、誰、誰是『半個人』啊！你這愚蠢的傢伙——————！」

「龍、龍宮院聖哉！布拉夫瑪大人的容貌象徵陰陽調和、創造宇宙，是非常尊貴的！」

我心驚膽顫地窺伺布拉夫瑪大人的臉，那半少年半少女的臉上依舊掛著微笑。太、太好了！看來這位大人沒有生氣！

「龍宮院聖哉，我也要向你道謝。拯救難度SS的世界可是非常傑出的善行。你要不要考慮以後來當男神呢？當然不馬上回答也沒關係。」

這句出人意表的話嚇了我一跳。

——聖、聖哉當男神？如果聖哉成為神，我們就能一直在神界一起生活了！那樣或許會很棒！

不過……

「我拒絕。」

「咦咦咦咦咦咦咦咦！」

聖哉一口回絕，布拉夫瑪大人和我一樣露出吃驚的表情。

「可是成為神就能得到永恆的生命了。」

「不用。生物就是因為會死才會在有限的時間內過有意義的生活，就算得到永恆的生命，也沒什麼好事。」

「原來如此，也有這樣的觀點呢。不過話說回來……你們兩個的對比還真是強烈。以前莉絲姐黛的靈魂聽到我剛才的問題，立刻不假思索地回答：『永恆的生命我超想要滴！』」

「！我的靈魂居然立刻回答『超想要滴』嗎！」

聖哉對我投以白眼後，終於對布拉夫瑪大人切入正題。

「神界統一戰爭的主謀——暴虐之神梅爾賽斯在伊克斯佛利亞得到了實體，她有很高的機率會在不久的將來攻進統一神界。」

「喔喔，原來如此。」

聖哉明明說得很認真，布拉夫瑪大人卻像在閒聊一樣輕鬆回應。

「梅爾賽斯嗎？她的確是力量很強大的神，不過從我們的角度來看，暴虐之力也不過是粗陋的力量罷了。」

「我曾在死皇戰中得以一窺她的實力，雖然還了解得不夠透徹，不過她很可能擁有足以撼動整個神界的力量。」

「那是不可能的。至深神界能停止時間，操縱大千世界的法則，不管是誰都無法對至深神界造成威脅。就算梅爾賽斯有什麼陰謀，瓦爾丘雷也會再一次解決她。神界是屹立不搖的。」

「會攻來的不一定只有梅爾賽斯，還可能包括協助她的魔族、邪神，甚至不排除……」

聖哉用瞪視般的眼神看著布拉夫瑪大人。

「有勇者加入的可能。」

四周頓時鴉雀無聲，但過了一會兒後，布拉夫瑪大人輕笑起來。

「沒錯，的確有可能。畢竟可能性是無限的。」

「假如變成那樣，神界的神能殺死勇者嗎？」

「不，基本上神是不殺人類的，這會違反規則。」

「那到時怎麼辦？」

「到時候……這個嘛，要請莉絲妲黛再把你叫來嗎？」

「那就拜託你像這次一樣保留我的記憶了。」

「喔喔，好啊……咦？我是被占了便宜嗎？」

聖哉連一句道謝也沒說，就直接轉身背對布拉夫瑪大人，邁開腳步。

「哎呀，你打算去哪裡，龍宮院聖哉？」
「我要去見戰神傑特，問個仔細。」
「既然伊克斯佛利亞已經得救，那你的工作不就結束了嗎？」
「我還有事想確認。之前跟梅爾賽斯一起的傢伙，把狂戰士狀態升到第四階段了。」
「傑特已經離開不歸井，被隔離在更安全的地方了喔。因為她表現出謀反的意圖，現在誰都無法見到傑特。」
隔、隔離？難怪之前我去不歸井時沒見到她！
「我們對於反抗的勢力，都會像這樣事先防堵的。」
「這樣的話，我想要神界統一戰爭時加入敵方陣營的所有神的資料。既然當時演變成了戰爭，除了傑特外應該還有不少神也加入了敵營吧？」
「龍宮院聖哉，接下來已經不是人類能插手的範圍了。」
「那我就自行調查。」
「真是的，沒辦法了……」
布拉夫瑪大人突然彈響手指。
——咦？
聖哉轉眼間從至深神界消失。
「聖、聖哉？」

我往四周張望，到處都不見他的人影。

「布拉夫瑪大人！聖哉他……您到底把聖哉怎麼了！」

「我把他送回原來的世界了。」

「什麼……！」

聽到布拉夫瑪大人說得若無其事，我忍不住大叫。

「您怎麼可以擅自這麼做！聖哉不但賭上性命拯救了伊克斯佛利亞，甚至還為我們統一神界擔心……您卻連個讓他道別的機會都沒有就強制遣返他！好過分！太過分了！」

「莉、莉絲妲黛……！」

伊希絲妲大人把手放在我的背上，試圖安撫我。但對於布拉夫瑪大人不由分說就遣返聖哉這件事，我依舊憤怒無比。

「妳說的沒錯，龍宮院聖哉成功攻略救世難度ＳＳ的世界，是個非常出色的勇者，克羅諾亞也很欣賞他。如果他要成為男神，我應該會很樂意接受吧。」

「既然如此，姑且聽一下聖哉的說法也沒什麼不好啊！」

「現在還不行。」

「為什麼！為什麼不行！」

他微微勾起結合了兩性的唇。

「在成為神，成為被選上的存在前，人類終究是毫無價值也不夠成熟的貧弱生物。」

看到至高神那對冰冷的異色瞳，我頓時感覺心中有某樣東西逐漸崩解。

……原本應該充滿真善美與慈愛的神界。

……這裡有伊希絲妲大人、阿麗雅等等和我意氣相投的眾神，住起來舒適又平穩，是我的故鄉。

然而，隨著梅爾賽斯出現，那些原以為是理所當然的常識卻開始扭曲、動搖。

我自己——不，應該說是統一神界本身，將會在不久後被巨大的歪斜漩渦給吞噬。

〈伊克斯佛利亞篇／完〉

後記

誠摯感謝這次購買了《這個勇者明明超TUEEE卻過度謹慎（以下簡稱「謹慎勇者」）》第五集的大家！

這次我有兩個好消息要告訴各位。

首先，第一個消息應該有很多人已經知道了，就是謹慎勇者的漫畫版即將在月刊《Dragon Age》上開始連載！作畫是由各位熟悉的《記錄的地平線～西風旅團～》的こゆき老師負責！不知道各位是否看過了呢？聖哉和莉絲妲都被畫得栩栩如生，躍然紙上，讓我不禁對接下來每月一次的連載充滿期待！

再來第二個消息竟然是……《謹慎勇者》確定要動畫化了！

我從沒想過有朝一日能在電視上看到莉絲妲的吐槽……！負責製作本動畫的公司，是曾將《命運石之門》系列等優秀作品搬上螢幕的White Fox！目前包含我在內的製作團隊，正一起努力將本作化為精彩的動畫！敬請期待！

……話說回來，連續宣布兩個非常可喜可賀的好消息，讓我差點忘了提到第五集的內容。我會照之前那樣為內容做簡單的介紹。

首先，第二部伊克斯佛利亞篇將在本集完結。寫這場最後決戰時，我這個作者所投入的感情，比寫蓋亞布蘭德篇的結尾時還多。經過激烈的戰鬥後，聖哉和莉絲妲最後會走向何種命運呢……還請各位讀者親自見證。

這次とよた瑣織老師也畫出了帥氣的聖哉和可愛的莉絲妲。我想各位看到封面上有兩個聖哉時，或許會有種「咦？」的感覺。至於箇中原由，也請各位閱讀本書來確認答案。

最後，本作不但發行到第五集，還得以畫成漫畫，甚至製作成動畫，這份幸運讓我這個作者真是滿心訝異與感激。

我想，正是因為有看出本作潛力的所有相關人士與工作人員、給予精準建議的責任編輯、為我繪製美麗圖像的とよた瑣織老師、こゆき老師，以及為《謹慎勇者》聲援的各位讀者在，才會發生如此美好的驚喜。

雖然第二部在本集結束，不過我已經在網路小說投稿網站「カクヨム」上開始連載第三部了。今後我也將心懷戒慎繼續努力，以求寫出讓每位讀者都看得開心的故事。

那麼，第五集的後記就寫到這裡。期待能在第六集與各位再次相見。

土日　月

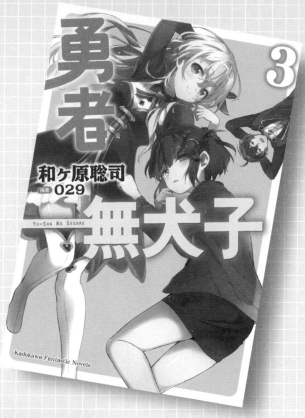

普通攻擊是全體二連擊，這樣的媽媽你喜歡嗎？ 1~7 待續

Kadokawa Fantastic Novels

作者：井中だちま　插畫：飯田ぽち。

靠著媽媽的力量，
把無人島改造成度假村吧！

大好真真子一行人獲得「搭飛船遊南洋・四天三夜度假之旅」招待券，飛船卻臨時故障摔在無人島上，裝備全掉光，真人原本妄想的勇者大冒險變成一場決死的野外求生——真真子卻把無人島弄得有回家的感覺!?

各 **NT$220/HK$68~75**

LV999的村民 1~6 待續

Kadokawa Fantastic Novels

作者：星月子猫　插畫：ふーみ

系列銷量累計突破20萬冊！漫畫版也大受好評！
村民鏡面臨再次覺醒，「轉職」又是怎麼回事？

村民鏡查出人類之敵「食星者」的真正面貌。為了齊集全人類的力量來抗敵，來栖試圖與美國的地下設施「伊甸」聯絡，但是伊甸卻不留痕跡地消失了。為了查明狀況，一行人再度前往奇幻世界「阿斯克利亞」！而除了鏡以外，都被宣告沒有戰力!?

各 **NT$250~280/HK$78~87**

賢者大叔的異世界生活日記 1~5 待續

Kadokawa Fantastic Novels

作者：寿 安清　插畫：ジョンディー

大叔在異世界遇上的女殺手竟是宿敵！
「既然是敵人，殺了也無所謂吧？」

伊斯特魯魔法學院主辦的實戰訓練到了第三天，茨維特竟被殺手襲擊！此時大叔卻在另一邊挖礦，完全忘了護衛的事。幸好守護符發揮了效用，於是傑羅斯急忙騎著機車趕往現場。當傑羅斯和女殺手正面對峙時，發現對方卻是他意想不到的人……？

各 **NT$240/HK$75~80**

國家圖書館出版品預行編目資料

這個勇者明明超TUEEE卻過度謹慎 / 土日月原作 ;
謝如欣譯. -- 初版. -- 臺北市 : 臺灣角川, 2020.05-
冊 ; 公分. -- (Kadokawa fantastic novels)
譯自 : この勇者が俺TUEEEくせに慎重すぎる
ISBN 978-957-743-758-7(第5冊 : 平裝)

861.57 109003327

Kadokawa
Fantastic
Novels

這個勇者明明超TUEEE卻過度謹慎 5

（原著名：この勇者が俺ＴＵＥＥＥくせに慎重すぎる５）

2020年5月7日　初版第1刷發行

作　者：土日月
插　畫：とよた瑣織
譯　者：謝如欣

發行人：岩崎剛人
總經理：楊淑媄
資深總監：許嘉鴻
總編輯：蔡佩芬
編　輯：蘇涵
美術設計：莊捷寧
印　務：李明修（主任）、張加恩（主任）、張凱棋

發行所：台灣角川股份有限公司
地　址：105台北市光復北路11巷44號5樓
電　話：（02）2747-2433
傳　真：（02）2747-2558
網　址：http://www.kadokawa.com.tw
劃撥帳戶：台灣角川股份有限公司
劃撥帳號：19487412
法律顧問：有澤法律事務所
製　版：尚騰印刷事業有限公司
ISBN：978-957-743-758-7
